by Sophia

Sophia作品集13

Sleep with Your Voice

擁抱你的聲音入睡

01

第二十七個小時。

群青色的大海在日光映照之下閃動著粼粼波光，晃著、晃啊的，彷彿一不小心就會被扯入某個我們不曾知曉的世界，然而我幾乎是用盡全力地注視那份蕩漾與晃動，想著說不定我體內稀薄的睡意其實被擺在了另一端。

但我得到的只有眼睛乾澀。

我用力眨了幾下眼睛，伸手往一旁的背包摸索，抓到的卻是一個擺明就是用來打發人的吊飾，是我上星期在公司交換禮物活動拿到的東西。

生命總是給人一堆不需要的禮物。

就像我歷年來在聖誕交換禮物時拿到的四條護手霜、兩個相框和一整組香氛蠟燭，沒有用處，卻因為冠上「禮物」兩個字而沒辦法狠心丟棄，最慘的是，連想轉送都被嫌棄。

「欸，妳有帶眼藥水嗎？」

我推了推躺在一旁的鄭凱寧，卻發現她不知道什麼時候睡著了，我無奈地嘆了口氣，總是這樣，我找尋的一切總是輕易地落在身旁某個人的掌心，例如我長期以來缺乏的睡意卻無時無刻包裹著她。

真讓人不爽。

懷抱著滿滿惡意我踹了她一腳，她又滾了一圈，離開陽傘的陰影並旋即被大片陽光覆蓋，卻一點也動搖不了她的午睡。

像貓一樣，三秒入睡或者睡上一整天，對鄭凱寧都是一種本能，兩天一夜的旅遊她有一半以上的時間都在睡覺。

真不知道這到底算不算出遊。

「我數到一百妳如果不起來我就只能用強硬的手段了，」嗯，願意數到一百的我比起那些只肯數到三的人義氣多了。「1、2、99……100。」

她依然一點動靜也沒有。

我伸手捏住鄭凱寧的鼻子，一秒、兩秒、三秒……她掙扎著醒來，那張漂亮得太過張揚的臉正不悅地望著我。

「說了幾百次妳就不能用正常一點的方法叫我起來嗎？」

「有兩條路，第一條一分鐘就能抵達終點，第二條必須迂迴繞行半小時，妳會選哪一條？」

不等她回話，我起身準備走回民宿，她卻猛然站起身，不僅阻擋住我的去路，還利用身高優勢將我籠罩在她的影子之中，居高臨下地睥睨著我，露出比惡毒女配更輕蔑的笑容。

「終點這種東西呢，不管選擇哪一條路，在真正到達之前都一樣遙遠。」

她才說完，就猛然拉住我的手，一把將我扯離預定的方向，屬於沙地的獨特質地讓我有些踉蹌，我還來不及掙扎，人就已經被她帶往海的所在。

「放開我。」

「都特地來海邊了，總要留下強烈一點的記憶。」

「一直在睡覺的人憑什麼說這種話？」

「強烈是一種瞬間的衝擊，持續的強烈沒人承受得住。」

她露出意味深長的微笑，腦袋裡八成正轉著某些糟糕的東西，我一點也不想深究，但正是這短暫的閃神，居然成為我毫無防備的空檔。

一道不輕不重的推力突然落在我的後背，幾乎就只是推開一扇門所需要耗費的力氣而已，我卻不受控制地往前跌去。

想要動搖一個人，最關鍵的從來就不是力道有多大，而是能精準地找到那個點，維持平衡的重心或者其他的什麼，某些關鍵的存在，只需要消失零點零一秒，就足以破壞一切。

我的眼前是海。

太過趨近反而看不清什麼。

「有人落水了！」

在我的臉頰狠狠撞上海面的瞬間，鄭凱寧刻意拔高的尖細嗓音劃破沙灘的輕快氣氛，像在靜謐的黑夜倏地燃放一束煙花，分明是求救訊號，在她的世界裡卻彷彿祭典的開端。

她一向喜歡這類的情節，在危急時刻有個帥氣的男人逆光而來，替她一刀斬斷惡龍，帶她逃離惡火，然而這座城市太過安全，於是她決定扮演我生活中的惡龍，藉此找尋王子依舊存在的證據。

上一次是在豪雨特報的日子偷走我的傘，公司前輩如她所願地向我伸出援手，借我一件他隨身攜帶的輕便雨衣，並用著極其溫柔的笑容跟我收了五十塊。

上上次是把我反鎖在門外，隔壁鄰居卻不照她的預期走，不僅連聲關切也沒有，甚至將我當作可疑分子報了警，至今他依然看見我就繞路走。

但這些對「意外」落水的我都不重要，比起等待一位不知道出生了沒的王子，自己設法上岸可靠多了。

水並不深，我抹開黏膩的頭髮試圖站直身體，卻不等鄭凱寧阻擾，一道突來的浪撲打而來，再度擊潰我的重心，我又跌進了水裡，不僅如此，海水的晃漾迫使我處於一種沒有生命之憂卻也脫離不了的狀態。

簡直像一場糟糕的戀愛關係。

我這邊還在跟大海對峙，混著浪潮的聲音，我隱約聽見鄭凱寧和一個男人正在說話。

「我朋友被困在水裡了，但我不會游泳……」

有救生員資格的傢伙說這種話真的不怕遭天譴嗎？

不、可能天譴都應現在她的愛情上了，她談過一場又一場的戀愛，手裡前男友的名單根本能集結成一本渣男圖鑑，她卻還能一本正經告訴我要相信愛情。

——我們會遇上錯的人，但遇上的愛情不會是錯的。

每次想到鄭凱寧的名言我都忍不住大翻白眼，可惜此刻的我正在與海水搏鬥，做不來眼球運動，更何況，我還必須設法掌握她和男人編造了什麼情節。

我隱約聽見男人回了幾句話，他低緩的嗓音卻彷彿融在水中一樣，越努力想聽清就越讓人沉沒，突如其來的，我等了二十七小時的睡意不合時宜地湧上。

好睏。

人生有許多事物，積極找尋的時候一無所獲，不該擁有的時刻卻又被強行塞進自己掌心，讓人握住或者甩落都是掙扎。

我想，老天一定是看我不順眼。

忽然，一隻溫熱有力的手將我撈起，被扯離海水的反作用力讓一切都顯得過於充滿重量感，我費力擠壓著剩餘的清醒，勉強將頭抬高了點，卻只看得清他的下顎。

其實我能自己走。但我還沒發出聲音，對方就用力將我抱起。公主抱。

我實在不想面對這樣尷尬又無言以對的窘境。

「妳能聽見我說話嗎？」

「妳朋友去打電話叫救護車了，待會她就過來了，妳聽見的話能跟我點一下頭嗎？」

尷尬佐以強烈睏意，讓我只能稍微掀開眼皮，男人正努力說話幫助我保持清醒，但他富有磁性的嗓音簡直要瓦解我的意志，睏意不斷疊加，連他像海豹拍打肚子一樣地拍打我的臉頰我都不在意了。

畢竟，我就算在意也沒辦法了。

但至少，在第二十八個小時我終於能再度睡著了。

再度張眼，映入眼簾的是一片漆黑。

強烈的消毒水氣味、粗糙的被子以及冷到會讓北極熊哭泣的空調，不必多加思考就能判斷出我正躺在醫院病床上，然而我卻喪失了時間感。

窗外透進一點光亮，我的視線繞了一圈，猛然定格在陪病椅上那道頎長的身影，我忍不住打了個寒顫，無法抑制自己在內心瘋狂詛咒鄭凱寧，她闖禍逃跑我還勉強能忍，但喊來我哥根本是打算跟我絕交吧。

我偷覷了眼連背影都充滿氣場的男人，只是他的腿太過修長，彷彿無論採取什麼角度都難以與舒適沾到一點邊，導致畫面有些慘不忍睹。

想了三秒鐘，我還是決定把他叫醒。

「徐子諒、徐子諒……」

他不是淺眠的人，但我用不大不小的音量喊了兩聲他就睜開了眼，就著窗外微弱的光線，我依稀能感受到他視線當中蘊含的涼意。

從小我就覺得假使把他打包送去北極，說不定能減緩融冰的速度，但以他的生存能力，說不定待上幾年就能統領北極熊大軍殺回人類世界，徹底解決融冰的根本問題。

但無論如何，他始終是那個會在任何一個我需要的時刻出現的人。

「床給你睡吧，反正我也睡不著。」

他氤氳著睡意的雙眼總感覺有些涼薄，瞄了我一眼他緩緩站起身，有些不快地看著我，愣了大約五秒我才接收到他的意思，還不滾下床，大概是這樣。

摸摸鼻子我讓出難躺卻是病房內最舒適的位置，徐子諒毫不客氣地躺上床，拉了被子果斷背對我，用全身的姿態傳遞著「不要吵我」的訊息。

也是。

最近他的工作似乎特別忙碌，缺乏充足睡眠讓他無時無刻籠罩著低氣壓，連我做個家事都能惹他發怒，逮住我的掃地機器人揚言要滅口。

好吧，雖然在凌晨三點做家務是有那麼一點不合時宜，但沒辦法，沒有人比我更能切身體會睡不著的夜有多漫長，數了一萬隻羊換來的也只是口渴喉嚨痛，倒不如從事更有意義的事。

例如在半夜打掃、變換家裡擺設，或者跟著影片做點運動，偶爾無聊到不行還會偷偷溜進徐子諒房間裡的浴室刷起地板。

誰叫他同意我搬家的條件是住在同一棟大樓，我的住處掃到沒地方掃了，下個目標當然是搭個電梯就能到的他家。

「好無聊……」

縮在陪病椅上的我找不到能打發時間的事物，正常狀態下除了工作需求我幾乎不用手機，但顯然無聊讓一切變得不正常，迫不得已我只好滑起手機，卻沒想到我的日常在另一端的崩壞更讓我措手不及。

我被送進醫院的消息傳了個遍。

然而，我得到的並不是關心，卻是各種調侃、取笑或者不可思議，當中笑得最肆無忌憚的人正是害我落水的罪魁禍首。

——徐昕雅居然在水深只到膝蓋的海裡溺水，但被帥哥公主抱實在太賺了。

不僅如此，鄭凱寧散布謠言的同時還附上側拍照，有圖有真相，這根本是最大的謬論，僅憑一瞬間的定格來解釋整個故事一點也不合理，但大多數人並不在乎，反而正因為線索太少卻又太聳動，而能恣意地將自身的猜想充填進故事的留白。

「我不是昏倒是睡著好嗎？」

我用接近極限的速度咬牙撰寫澄清文，上傳後卻收穫更猛烈的群嘲，甚至有人歪樓誇我創意十足。

真相往往超出人們的想像。

但人又總是難以接受超越想像的事物。

算了，不跟這些凡人計較，我乾脆關機眼不見為淨，又做了五次深呼吸試圖平復心情，避免我下一刻就奪門而去追殺某鄭姓女子。

「這忍得下來才有病吧！」

我刷地起身，腦內盤算著要用什麼方法凌遲鄭凱寧，下一瞬間視線掃過病床上那道身影，等等，既然凡人們無法理解，能找到不尋常的知音也可以吧。

「徐子諒、徐子諒……」

我慢慢湊近床邊，伸出食指小心翼翼地戳著他的手臂，忽然，一隻充滿力量感的手用力攫獲住我，我側過頭，迎上一雙深邃幽黑到彷彿能將人捲入地獄的眼眸。

事實上，他可能隨時會將我扔進地獄。物理上的那種。

「我親愛的哥哥，不小心吵醒你了嗎？」

「省略妳那些鋪墊，直接說，要、幹、嘛。」

「我只是想澄清，我不是溺水昏倒，是突然很睏，抵擋不住睡意就睡著了。」

「所以呢？」

「我只是覺得真相不應該被扭曲。」我強行扯開一抹笑，但大概黑暗之中他根本看不清。「對吧？」

「傳遞給我的真相只有一個，就是妳失去意識被送進醫院。」他鬆開抓住我的手，接著擺上了我的腦袋，輕輕的施力卻充滿威脅。「徐昕雅，我熬夜一星期好不容易能休息，現在，看妳是要自己去角落數羊，還是我直接讓妳再一次失去意識。」

不知為何，後者的選項竟散發著危險的吸引力。

我小心翼翼地發問。

「如果我失去意識，你會把我抱去椅子那邊嗎？」

「妳覺得呢？」

「好吧。」我蹲下身躲開他的手，非常識相地移動，乖乖地爬上陪病椅。

「我先數一下羊……但我真的是睡著不是昏倒。」

砰地一聲。

一顆枕頭砸上了我身旁的牆。

好吧，我的哥哥雖然性格冷淡了一點又面癱了一點，還難搞了一點，但本性還是很善良的，居然把唯一一顆的枕頭讓給了我。

「那你可以幫我發文澄清一下嗎？」

這次，我又得到了一件外套。

除了枕頭和外套，我又得到了額外的餽贈。

我不該一再試探徐子諒的底線，明明我比誰都清楚一個睏倦到極點卻不能睡的人堪比十頭獅子，卻忍不住去拉扯獅子的尾巴。

任何行動都必須付出相應的代價。

例如一場我絲毫不感興趣的主題講座。

儘管我一再保證，甚至在醫院走廊堵住巡房中的醫師，拉著醫師佐證我的健康，但徐子諒依然高傲地抬起他令人嫉妒的下巴，瞇起眼，以無聲的高壓逼迫我打電話請假。

不僅如此，他還特地申請在家工作，舉著讓我「心無旁騖」休養的旗號沒收了我的手機、筆電和漫畫，並且挑了個能零死角監控我房門的位置處理公事。

五個小時又十七分鐘，在我即將被無聊逼瘋，準備破門而出的瞬間，徐子諒早我一步打開了門，而手裡拿著一份講座簡介。

「妳要繼續『休息』還是幫我去錄音？」

徐子諒總是能精準地讓人生不如死。

從幾年前開始，我的睡意就彷彿是吊在馬匹前方的紅蘿蔔，離得那麼近，卻難以企及，想跨越清醒與沉睡之間的界線，簡直像邊緣人每天捧著幾十封情書想遞送給校草，盼求著他接過其中一封就好。

但這也不是太嚴重的事，情書送久了，總能掌握讓對方收下的訣竅，只是日常中卻避不開一些讓人心痛的事，例如冷酷的校草將笑容輕易給了別人，又或者他好不容易經過窗前，我的情書只寫到一半而筆還斷水。

如同現在。

把前一晚只睡了五小時的我攏進一場我毫無興趣的講座，能讓我體內的睏意濃度飆升，卻不足以衝破睡眠的壁壘，簡直就是酷刑。

被無聊逼瘋或者跟睡意對抗，我艱難地選擇了後者。

「至少我是自由的！」

我努力安慰自己，轉頭繼續生無可戀地讀著講座簡介，讓漂流木重獲新生的男人，字裡行間的正能量簡直能淹沒一座城市，但最令人崩潰的並非我不會游泳，而是水就要淹到腳邊了，抬頭居然發現救生員是鄭凱寧。

坐在會場角落，我瘋狂撥打她的電話，第十一通她終於接起，在說話之前還先拋出一個呵欠作為問候。

「幹嘛？」

「來陪我聽演講，會場就在妳們醫院附近。」

「演講？」她忍不住嗤笑出聲，「去照照鏡子，妳長得一點也不像應該走進去那種場合的人。」

「所有的矛盾與錯誤都存在始作俑者。」我冷冷哼了聲，「如果不是妳把我推進海裡，又趁我不能抵抗的時候把我扔給徐子諒，還喪心病狂散播我溺水的謠言，我也不會在被軟禁跟幫他聽演講錄音之間痛苦的抉擇。」

「我這麼過分，那麼我們絕交吧。」

什麼？

忍住、徐昕雅妳要忍住，千萬不要中了她的激將法，妳面對的是一個缺乏責任與道德感的女人，不能站在世俗的水平線與她交涉。

「聽完演講再絕交，在我們還是朋友的期間我會請妳吃晚餐。」

「去了我也是睡著，還不如睡我自己的床。」她又打了個呵欠，漫不經心地說著。「妳哥說要妳錄音吧，妳乾脆把手機塞在角落等結束再回去拿就好了。」

這麼好的辦法我怎麼沒想到？

跟滿肚子壞水的女人來往偶爾也是能從中得到靈感的。

「不需要妳了，我們絕交吧。」

「記得按錄音鍵，沒錄到別說我沒提醒妳。」

「我才沒那麼蠢。」

「呵呵。」

她用輕蔑的笑聲覆蓋這回合，通話被果斷結束，但看在她提供了不必困在會場承受演講攻擊的方法，就不跟她計較了。

我狀若自然地站起身，試了幾個角度，終於完美用簡介文件蓋住開啟錄音的手機，接著擺出「我去個洗手間」的姿態，準備離開會場，迎接我突如其來的自由——

「小姐，妳的手機忘記拿了。」

什麼？

我才邁出一半的右腿猛然頓住，僵硬地回過頭，猝不及防地撞上一張寫滿「我就是熱心又善良」的臉龐，儘管內心正發出一聲又一聲的狂吼，我仍舊逼自己揚起笑容，盡可能手不要顫抖地接過手機。

「謝謝妳。」

聲音還沒完全落地，台前的主持人就宣布講座開始，我只能再度落座，無奈地我瞄了眼手機，恰好看見已錄音的秒數。

很好，我的脫逃計畫不到三分鐘就宣告失敗。

連歡迎講師的掌聲都比我的脫逃持久。

「大家好，我是蘇啟懷，很謝謝各位來參加今天的講座，雖然簡介裡寫著要分享我創業的心路歷程，但其實過程沒有多少跌宕起伏，我也只是試著把餐盤食器做好……」

比預期更加溫暖好聽的聲音以恰到好處的速度遞送而來，我好奇地望向講台，散發乾淨氣息的身影不期然地撞進我的視野，男人那張溫文好看的臉龐正揚起輕淺的笑容，像一道浪，撲打而來讓人不得不隨之晃漾。

我想睜大眼看清楚點，眼前的畫面卻越來越模糊，漂流木會隨著水流被帶往下游的河道，男人這樣說著，我想，大概我的體內蘊藏的睡意也化作水流，緩慢地將我的意識越推越遠。

但可惜的是，我們總是無法知曉最終抵達的終點究竟在哪裡。

020

我想應該是夢。

白色薄紗窗簾隨著風飄動，倚著窗的男人身影若隱若現，冷白色的燈光彷彿讓眼前的光景與我熟知的現實產生了幾公分的落差，我一時間分不清究竟是太過真實的夢境，又或者是過於失真的現實。

彷彿電影《情書》一般的場景，男人好看的側臉、稍稍垂下的眼眸，以及那幾綹不聽話的瀏海，我想了下，最大的差別或許是電影中的少年正在翻看著書，而男人則滑著手機。

大概夢也是會與時俱進的。

忽然，他轉過頭來，深邃幽黑的雙眼筆直望向我，我非常不喜歡跟陌生人對視，總是像直覺反應般佯裝無視地挪開視線，但因為是夢，據說收集越多夢境的線索越能分析進而理解深層的自我，於是我沒有別開頭，反而睜大雙眼仔仔細細打量男人的一切。

「醒了？」

男人的聲音聽不出起伏，似乎也沒有變換姿勢的意思，我忍不住打了個大大的呵欠，畢竟是夢，實在不需要追求形象，但基於禮貌我還是對他搖了搖頭。

「沒醒才會在這裡跟你說話吧。」

「我不懂妳的意思。」

「嗯，遊戲裡的 NPC 也都這樣，沒關係我懂就好。」

他漂亮的眉心微微皺起，彷彿正試圖梳理我的話意，然而所有努力都是徒勞，身處於夢境裡的人們無論如何都不可能承認自己是活在夢裡的人，一旦接受了，好不容易建構的世界也就塌了。

想到這裡就於心不忍。

「既然醒了，妳也該回去了。」

「這句話聽起來很有哲理。」我托著腮直勾勾地看著他，對於我的視線他似乎有些不自在。「但所謂的人啊，很多時候是需要滯留在某些現實以外的地方的，至少像我這樣必須嘗試各式各樣的辦法才能入睡的人，能在夢裡多待一秒是一秒吧。」

說到一半我忍不住笑了出來。

「雖然這樣說對你有點不好意思，但真的很謝謝你的演講，我連在尾牙聽老闆重複幾萬遍的奮鬥史都沒辦法睡著，某種意義上你實在非常厲害。」

「妳的意思是我講的內容很無聊？」

「也不能這麼說。」我想了一下，即便是夢我也不太敢直視他的目光。「往好處想，你拯救了一個長期入睡困難的人啊，比起用創業的心路歷程來激勵人心這種虛無飄渺的事，你在我身上發揮了非常實質的影響力……」

他笑了。

極其突然地。

總感覺男人的笑聲裡蘊含某些難以言喻的什麼，但我並不想探究，好奇會殺死一隻貓，我既不是貓也不想被殺死。

男人看了眼腕錶。

像種隱喻。據說夢境裡但凡關乎時間的指涉都具有重要的意義，於是我也跟著找尋自己身上能指出時間的物品，我一眼就發現擺在腿上的手機，依然停在錄音的畫面。

「時間還在跑，這也太真了吧。」

忽然間，我腦袋閃過一個有點糟糕的念頭，抬起頭我小心翼翼地環顧四周，敞亮的會議廳只有我和他兩個人，其實這並不是太合理的狀況，但這一絲不合理反而讓我鬆了口氣。

「就算人都走光了，留到最後的也不應該是講師和我。」

「已經十點半了，請妳收拾物品離開吧。」

我忽然非常愜意地靠在椅背，一點也沒有配合他的意思，他的表情有些無奈又透著隱忍，讓他增添了一種克制又危險的氣息。

「這位小姐——」

「離開這裡之後我可能就記不住你了。」我想，任何一切留駐在夢境的或許都是人們尚未察覺卻重要的線索，也說不定是關乎未來的預示，例如眼前這個男人的某個特點說不定傳達了關於我的真命天子的指引，又或者提示了樂透的號碼。

例如夢見「男人」是8號，我很確定這一點，但不必追究我為什麼會這麼清楚。

「如果可以的話我想多看你幾分鐘。」

正當我猶豫要不要索性起身離他近一點，或許能離財富自由靠近一點，男人卻嘆了一口氣。

「妳再不離開我只能請保全來了。」

什麼？

請保全？我連在自己夢裡行情都這麼差嗎？

不對，我才冒出想趨近他的念頭，下一秒他就拋出驅逐我的訊號，難道暗示我與財富自由無緣？不，只要有一絲脫離社畜生活的可能性都應該去追尋，於是我衝動地起身，在男人反應之前，幾個跨步就抵達他的面前，並且伸手抓住他。

「不管你叫的是保全還是警察，我都不會走的。」

確實。

因為我是用跑的。

而且是以打破我二十八年來百米紀錄的速度，飛奔逃離講座會場，並且對所有我喊得出名字的神祇祈願——

拜託讓我一輩子都不要再見到那個男人了！

我的腦袋撞著牆壁，也不知道是想讓自己清醒一點或者迷糊一些，但人偶爾總會陷入進退兩難的境地，更何況此刻我甚至分不清東西南北。

「痛——」

忽然，一陣混著冰冷的疼痛從額際擴散，我悲憤地瞪向兇手，張晉倫正拿著一包冰塊，毫無同情心地揚起愉快的笑容。

我從幼稚園和他因為搶溜滑梯結下梁子，縱使後來因為有了共同敵人，我們聯手捍衛溜滑梯而成了朋友，這二十多年他始終一如既往，能落井下石的時候絕對不丟繩索。

「妳撞牆再多下也不保證能夠解脫或者頓悟，不如幫我把冰塊敲碎，至少發揮了實質的功用。」

——實質的功用。

我也是這樣對男人說的。

這到底是物以類聚還是輪迴報應？

「啊——我居然當著人家的面說他講課無聊，還謝謝他讓我可以無聊到睡著？」

「妳也算誠懇地表達了謝意吧。」

「呵，如此蒼白的安慰就不用了。」

我打開了啤酒拉環，儘管不擅長喝酒卻依然不管不顧地灌了半罐，微苦的氣味滲進口腔，縱使我快將腦袋撞破也想不透，一個活生生的男人站在我面前，我居然當他是假的？

男人是真的。

我所以為是夢的一切也都是真的。

一個小時前，當我不容分說扯住男人的手，堅定地宣示我不會離開，屬於他的氣味與溫度如浪潮般撲打而來，我的「夢境」彷彿裂了一道縫隙，我還來不及分辨，一道刺耳的鈴聲劃破我與他之間瀕臨爆裂的空氣。

我甚至以為那是鬧鐘。

結果是保全的手機訊息聲，大概跟我爸同世代的男人都差不多，習慣將手機所有音量鍵都調到最大，在格外安靜的空間裡簡直和引爆炸彈一樣震撼。

「蘇老師你這麼晚還沒走？」

「大哥，可以請你送這位小姐離開大樓嗎？她好像有點找不到路。」

「電梯在外面搭到一樓就能出去了啊。」保全毫不掩飾他的困惑，向我投來極其懷疑的眼神。「小姐那妳跟我走，我帶妳出去。」

大概是保全的目光過於直率，瞬間讓我有了實感，又或者是從我掌心傳遞而來的溫熱終於融解了現實與想像的薄膜，我如同觸電一般猛然鬆手，瘋狂重複著同一句話——

這不是夢這不是夢這不是夢……

找回理智的我倉皇收了東西拔腿就跑，連等電梯的幾秒鐘都不敢浪費，看見逃生門的燈號就拚命往前奔跑，十一層樓的階梯像無止無盡一樣，我終於明白，現實往往比夢更加荒誕，也更加難以抵達出口。

現在想想他人真好，沒有直接告訴保全「這女人有病」。

「妳就當作真的是作了一場夢，反正妳跟他沒有任何交集，」他把兩罐啤酒推到我面前，「現實中的陌生人跟夢裡的人沒兩樣，睡一覺就能忘了。」

但我睡不著。

垂著眼皮我數著第三千七百九十八隻羊，睡意依然不上不下，但喝酒的餘韻讓我異常乾渴，我只能以樹懶的速度爬下床，替自己倒了杯冰涼的水，舒緩喉嚨也冰鎮自己的意識。

「我到底要放牧幾隻羊才能睡著呢？」

躺在床上我看著天花板，我貼的星座貼紙在漆黑的房間裡散發螢光，從前我總以為星星那麼近，只消抬頭就能看見，後來我才明白，相隔幾十光年的星星無論我怎麼追尋始終都在遠方。

時間久了，也就不去追逐星星了，抬頭能看見，那也就夠了。

鄭凱寧總是說我看待事物太過消極，天花板的星星貼紙也是她買來逼我貼的，當然，是她坐在床上指揮我動手。

「要得到小熊座或者獵戶座這類的星星當然是不可能，但人不懷抱夢想生活多無趣啊，就算遙不可及又怎麼樣，自己做出屬於自己的星星不就好了。」

「貼在天花板上的星星根本只是自欺欺人吧。」

「妳知道為什麼我談的每一場戀愛都那麼短嗎？」

「因為眼光差？」

鄭凱寧瞪了我一眼，似乎是在盤算要不要踢倒我腳下的椅子，在她動作之前，我迅速跳下椅子，卻躲不過她扔來的兔子玩偶。

「是因為發現他們不是我要的星星。」她躺在床上看著天花板的星光，光線太過微弱掩去了她眼底的流光。「人都在追逐自己期盼的星星，可是慢慢就會發現這個人不是、那個人也不是，因為我們內心想要的是一份沒有瑕疵的感情，但只要是人就不會完美。」

她說。

「之所以猶疑無法前進，不是因為對方不夠完美，而是他不是我們真正想要的那顆星星。」鄭凱寧啪地一聲打開了燈，「妳不喜歡螢光貼紙，也可以去買投影燈、海報或是各種妳想得到的東西，買來了發現不是妳要的就轉手啊，了不起就是花點錢，但千萬不要因為害怕選錯反而成為錯過。」

選錯，或者錯過。

然而我並不想耗費過多的腦細胞在愛情的左右為難上，自從三年前跟男友分手之後，對愛情的期盼就像飄浮在空中的肥皂泡泡，膜衣漸漸褪色、變薄，最後安安靜靜地破滅。

回過神來，半空中已經一顆泡泡也不剩了。

「果然睡不著就會產生無謂的多愁善感。」我甩了甩頭，用力拍拍自己的臉頰。「多出來的夜晚就應該做點有意義的事。」

例如剪輯錄音檔。

無論怎麼逃避，該面對的還是必須面對，畢竟徐子諒說他明天就要。

我認命地點開錄音，被迫重溫今晚的一切，我實在太後知後覺了，打從一開始逃脫計畫的失敗，說不定就預示了重重磨難。

然而，我怎麼樣也預料不到，以為已經畫下句點的磨難，事實上卻只是開端，前方等著我的，是一個縱使我體內的腎上腺素百分之兩百的發揮作用，也跳不過的坑。

超級大坑。

03

有些時候我們再奮力想逆流而上，也敵不過整個世界都聯合將我們扯住，並且大力拋往看不見底的坑裡。

那些或大或小的力量，我們以為是一種巧合，說不定真相是一場縝密的陰謀。

蘇啟懷就是陰謀的主體。

到底為什麼他會站在我的面前？

還、是、我、的、新、客、戶！

「呵呵。」

千百種的情緒裡頭我竟然找不到一個適切的表情，最後只剩下兩聲乾笑。

情境荒謬到我差點忍不住起身翻找會議室內是不是設置了隱藏攝影機，我拚命提醒自己，我是隻社畜，翻桌的下一秒我大概就會被開除；於是我不僅必須壓抑住所有情緒，還得撐住臉上的微笑，聽著老闆的介紹。

「這位是『漂流』的負責人蘇先生，這是我們的資深企劃徐昕雅，您的委託會由昕雅負責。」

我和男人公事公辦地交換名片，絲毫不參雜一點私人情緒，當然，例如神情僵硬或者指尖微微顫抖這類過於細微的反應，我想這不是需要追究的事。

「蘇先生，第一次見面，很高興能負責漂流的品牌規劃。」我過於緩慢並且加重力道地強調「第一次見面」，希望能傳遞我的期盼。「讓我們把過去先放下，一起挖掘漂流全新的面貌吧。」

嗯、重點是放下過去，人才能得以前進對吧。

蘇啟懷出其不意地笑了。

儘管他以極快的速度收回笑容，但他忍耐的動作與神情反而放大了他的笑意，我默默地深呼吸，無論從什麼角度來討論，我都屬於理虧的那一方，所以我決定當作沒發現。

「嗯、初次見面，接下來要麻煩徐小姐了。」

他句子開頭的那個「嗯」怎麼聽都有種「好吧就順著妳吧」的無奈感，我再次果斷地決定忽視，不再糾結於兩人的開端，畢竟更重要的是接續。

很快地我將話題轉向工作。

「漂流的資料我讀過了，但還是希望能請你稍微介紹一下公司相關內容，例如創立的理念、業務內容、目標受眾，以及未來目標等等，主要是想從過程中了解到你的需求跟最重視的部分……」

我開始滔滔不絕掏出各種話術，並且盡可能自然地翻看資料，還必須費心地處理在我體內奔騰的各種爆裂的情緒——

天知道我根本是十分鐘前才被迫接下這個案子！

如果我早一秒鐘、就算是在踏進會議室的前一秒鐘，知道客戶是蘇啟懷，我一定會——

不、我沒辦法，社畜是沒有選擇的。

何況這案子還是無良前輩指名甩鍋給我的，老闆的強權加上前輩的淫威，唯一解就是我轉頭對辦公室食物鏈更下層的同事出手。

但我的良心會痛。

「人生十之八九的選擇都是在傷害自己與傷害對方之間挑一個。」

這是鄭凱寧的座右銘，她總是毫無負擔地選擇保全自己的那一邊，她又說：「人在傷害別人之前的掙扎只是不想讓自己看起來太過自私，我不過是省略了掙扎的步驟，畢竟傷害了別人還要對方因為我曾經掙扎過而給出體諒，實在太噁心了。」

所以她成為了一隻坦蕩蕩的阿德利企鵝，而我依然是假裝抱團求生卻拚命往裡頭擠的綿羊。

無奈地嘆了口氣，視線落在資料反覆出現的「漂流木」三個字，男人好聽的聲音以舒服的節奏回響在會議室裡。

「……有價值的漂流木會被政府註記收回，剩下的漂流木雖然有各種用途，但在多數人的眼裡，卻是破壞沙灘景觀或是淤積在河口的垃圾，迫不及待希望能清運，雖然這麼說很做作，但創立漂流的初衷，是因為對漂流木的處境感到難過。」

「難過？」

「它們是因為豪雨或是大風被迫扯離原生的土地，經過摧折磨難之後好不容易停留在另一個地方，卻又被視為不受歡迎，應該被清除的存在。」他的語調不自覺放緩，聲音也小了一些。「就算我只能用其中的一小部分製成餐具，至少能讓人明白它們也能是被需要的。」

我忍不住抬眼望向蘇啟懷，他卻恰好轉開頭，從公事包裡拿出幾件餐具，而我再度迎上的，又是一張冷靜平和的表情。

但他冷靜或者澎湃都與我無關。

「除了以漂流木當作材料，能請你稍微介紹漂流餐具其他的特點嗎？」

「其實那天的講座我介紹過。」

我猛然僵住，這男人是什麼意思，能不能好好相處啊，不是說好了「放下過去重新開始」了嗎？明明已經愉快地聊了半個小時，到底又翻什麼舊帳？

「而且剛剛說的創立漂流的初衷跟過程是那天的主題。」

你要我說什麼？

全世界不就你最清楚我睡得一塌糊塗了嗎？

當甲方了不起嗎？欺負一個可憐的社畜讓你得到快樂嗎？

「我知道一開始的負責人不是妳。」蘇啟懷的唇畔泛起一抹淺笑，「我的委託的確是一件很小的案子，但漂流對我而言是非常重要的存在，我希望它不要被隨意的對待。」

蘇啟懷站起身，逆著光我看不清他的表情。

「我想這也不是妳的責任，我不會收回委託，但今天就先這樣吧，下次等妳準備好了再往下談吧。」

蘇啟懷果斷俐落地旋身踏離會議室，我甚至來不及起身。

我失神地盯著白色的門板，狀況發展轉折得讓人太過措手不及，煩躁地耙了耙瀏海，蘇啟懷的不滿一點都沒有問題，但我又覺得自己無辜得要命，更棘手的是他說了那些話之後，我根本不可能把案子脫手了。

「煩死了。」

我焦躁地灌了一口水，無意地瞥見前輩正殷勤地領著客戶從走廊走過，很好，用案子太多忙不過來當藉口把蘇啟懷推給我的前輩，一轉頭就攔截了我好不容易爭取到的大案。

連掩飾的力氣都不打算花。

「阿德利企鵝不是想當就能當的好不好。」

要成為一隻稱職的阿德利企鵝，最大的底線就是沒有底線，為了確保自己的生存，偷了別人築巢禦寒的石頭只是小事，為了測試海底有沒有藏著海豹，一抬腳就能把同伴踹進海裡當炮灰。

我大口大口灌著可樂，碳酸飲料的大量氣泡衝進我的體內，刺激又難受，嚥下後甜膩的餘味充斥著我的口腔，對我而言，比起酒精，可樂更適合用來自虐。

「我花了半個月蒐集資料，她一句話就搶了，還有臉來跟我要筆記！」我恨恨地扔出揉成團的紙巾，卻連垃圾桶的邊都沒摸到，滾落在地板上簡直像在嘲笑我。「把不要的案子推給我就算了，為什麼還偏偏是蘇啟懷！」

「人生所有的相遇，都是久別重逢。」

「不知道有些人既然別了就不要再重逢嗎？」

我瞪了眼缺乏同理心的張晉倫，他正和鄭凱寧一起窩在沙發打手遊，果然，跟阿德利企鵝相處久了多少會被同化。

當一股清流太辛苦了。

「妳也把案子推了不會？」鄭凱寧口吻涼薄的說著，「反正妳以後也不會跟他有交集，就算不小心碰上了，當作沒事點個頭往前走就好了，根本沒必要為了一個陌生人的情緒負責。」

「無情。」

「人生所有的痛苦都源自於感情。」

「張晉倫你可以不要再用這種文青體了嗎？」

「我寧可和整個世界對抗，也不願意失去自我。」

深呼吸。

用力進行了三次深呼吸，我才忍住把手邊的玻璃杯扔向他的衝動，我把玻璃杯推遠了點，再次深刻認知到，跟整個世界對抗的不是張晉倫，而是我。

「你們到底是不是朋友？」我頹喪地將自己塞進椅子裡，打烊的義式餐廳裡流動著和日常有些不同的空氣。「就算前面擺著好幾個選項，但我也清楚我就是沒辦法做到，但又消化不了不斷湧出的情緒，你們就不能溫暖一點的關懷我嗎？」

坐在我對面的兩個人看了我一眼，不到三秒就將視線移回手機上，這次連話都不給我了。

心好冷。

我只好拿出提包裡的資料，認命地開始研究漂流，但我連第一頁都沒看完，手中的紙就被抽走。

「無論妳多努力，又或者做得多好，也不會改變什麼，只會讓妳同事下次用鍋更乾脆而已，反正妳能收拾她的爛攤子。」

「不然還能怎麼樣？」我搶回資料，胸口鬱氣更濃厚了。「做好了會讓對方得寸進尺，做不好我自己過不去，反正我就是領人薪水的，喜不喜歡都得做。」

更無辜的是蘇啟懷。

他那樣重視的品牌卻被前輩毫不猶豫地捨棄了，要是我又把案子推了出去，他是不是又平白遭受一次傷害？

「妳真的很適合當社畜。」

「再怎麼樣都比妳這隻阿德利企鵝好。」

我錯了。

不應該得罪沒有底線的阿德利企鵝的。

鄭凱寧居然趁我去洗手間的空隙，偷拿我的手機傳了一長篇指控前輩的文章到公用群組，還有餘裕和前輩對嗆好幾個來回。

但她假借我的身分並沒有替我爭取到公平正義，反而讓績效至上的老闆氣沖沖打來電話訓了我一頓，指責我不應該挑案子選客戶，再小的案子都應該拿出一百分的努力。

最後扔下了一句——

「妳如果連漂流的案子都做不好，就不必再待在公司了。」

我還來不及解釋，就成了公司暗黑群組的英雄，同事暗地投來的鼓勵眼神，讓我連向老闆低頭的餘地都沒有。

不僅如此，特別擅長記恨的前輩每看見我一次就酸我一次。

「我好期待妳會寫出多厲害的文案，來證明我手裡的案子應該要是妳的。」

短短不到二十四小時，我簡直像被強行扔下懸崖，除了設法攀爬脫困外沒有其他選擇。

而我不得不拉住的繩索居然是漂流。

「事情的變化總是讓人措手不及。」

但還能怎麼樣？

事情發生了大抵只有兩條路，一條是迎難而上，另一條是擺爛裝死，儘管我的感情拚命叫囂著要往第二條走，但現實並不允許。

因為我還有房租得繳。

於是，我站在漂流的工作室門前。

將口罩壓緊了一些，透過櫥窗我小心翼翼地窺探，確定店內只有一個看似大學生的店員，沒有蘇啟懷，也沒有長得像蘇啟懷的生物存在。

我第一次實地考察做得這麼心虛。

用力握緊門把，沒事，我只是一個路過看見這間小店為了打發時間才走進來的路人，我在心裡唸完兩次人物設定之後終於推開了門。

門上的鈴鐺叮叮噹噹地響著。

——每個人的來過都像一陣風，有些人撫過妳的臉頰，但有些人卻吹進妳的心口。

我輕輕甩頭，打散腦中莫名浮現的一句話。

大概是被張晉倫汙染了。

「歡迎光臨，請問要找什麼呢？」

「我剛好路過走進來看看。」

店員臉上掛著恰到好處的微笑，理解地點了兩下頭，身體醞釀著後退的氣息，似乎是打算給我獨自瀏覽的空間，我卻打斷了她正準備延續的動作。

「能請妳替我介紹嗎？我正在找送給我哥的生日禮物。」

「那妳要不要看看這組餐具……」

她非常熱情地替我介紹，一開始我還克制地扮演聆聽者，到了中途我忍不住做起筆記，生硬地解釋我習慣先做好紀錄，回家分析後再決定買哪一件。

最後我根本忘記我只是個「偶然走進店裡的路人」，徹底陷入了資料蒐集的狀態，拋出一個又一個問題，竟然把原本非常熱情的店員逼到拿出蹩腳的理由藉此脫身。

或者她真的聽見了我沒聽見的電話鈴聲。

「我還有問題沒問完的說……」

「徐小姐還想知道什麼我可以回答妳。」

「這兩款餐具的——」

字句還沒完整滑出喉頭就戛然而止，我僵硬地轉身，眨了幾下眼睛，大概是太累了，畢竟我昨晚又只睡了三個小時，看見一個神似蘇啟懷的幻影也是有可能的。

「你怎麼會在這裡？」

「這裡是我的店，而且，」他稍稍停頓了下，「我接到店員的電話，說店裡有個奇怪的客人，可能是商業間諜……妳剛剛想問的問題還沒問完。」

「喔、我只是想問這兩款餐具的價格，但我找到標價了。」我故作自然地接話，假裝沒聽到店員對我的不當臆測。「時間有點晚了，我差不多該走了。」

「我送妳吧。」

「不用了，我自己回去就可以了——」

「我是說送妳到門口。」我剛踏出的右腳頓了一下，抬頭恰好看見他略帶促狹的淺笑。「我們也不是能送妳到家的關係。」

真不知道他到底是記恨還是性格原本就腹黑，明明頂著一張溫文和善的臉，卻總是透著距離感，還時常不留情面地戳破一切。

他拉開門，門鈴再度叮叮噹噹地響起。

我提醒自己必須牢牢記住他是我的客戶，也是我的繩索，於是我努力維持良好的態度和禮貌的語氣，都已經堅持到這裡了，門檻就在眼前，就只差一步的距離，今天和他意外的見面就能安穩地畫下句點。

只是人總有管不住自己的時刻。

「門口到了，你回店裡吧。」踏出店門的瞬間，我忍不住轉身，緩慢而清晰地說。「畢竟我們是連多走一步都不需要的關係。」

04

但我沒想到我也不過多走了十幾步。

才剛踏上殘留餘溫的柏油路，豆大的雨滴就砸了下來，一點緩衝空間也沒留，我只能快步躲進前方的騎樓底下，狼狽地困在昏暗又不見行人的路口。

而且雨看樣子短時間內不會停。

「那傢伙的店為什麼要開在這種偏僻的角落？」

「每次碰上他就倒楣。」

第一次差點被保全轟出去，第二次案子臨時被丟包被他狠狠揭穿，今天是第三次，我被困在滂沱的雨勢之中，接下來等著我的還會是什麼？

我跟他的磁場一定哪裡有不對勁的地方。

想到才剛開始的案子，就有種命運多舛的感覺。

我翻開掌心將手伸進雨中，意料之中卻超乎預想的重量落了下來，無奈地嘆了口氣，不禁想著，人生有許許多多的碰巧，但降臨在我身旁的卻時常是那些不巧。

例如我居然叫不到任何一輛車，而我哥正在南部出差，張晉倫也跑到某座山去思考人生，唯一可能來接我的鄭凱寧正在城市的另一端參加聯誼活動。

幸好，在她端起第一杯酒之前我就打通了電話，也幸好，場上沒有她感興趣的男人，即便如此，我也還是得在這進退不得的騎樓下等她。

一個小時。她說。

然而關於她的保證或者承諾我一向堅守一個信條：她能來最重要，附加的要求當作湊字數的就好。

某些時候她連承諾的主體都能扔棄。

「這是我在愛情裡頭學到的事，不能達成的承諾越早毀掉越好，能早一秒讓對方做其他打算也好；拖拖拉拉除了增加彼此的損耗、讓狀況更壞之外，不可能出現突然能履行承諾這種事。」

她說得沒錯，但像她這類能夠瀟灑俐落面對感情的或許很難體會到，有些人，有些時刻，明知道死守著不會被兌現的承諾是一種拖磨，卻沒有更多的勇氣承受鬆手的結果。

例如我寧可枯等一個晚上也不想淋濕衣服。

「早知道就不要為了壯膽把最貴的衣服穿出來了，還穿什麼跟鞋……」

我揉了揉痠脹的小腿，勉強找了一塊最安全的區域蹲了下來，因為怕電池耗盡不敢玩手機打發時間，我只能無聊地望著雨，卻除了一抹隱約的路燈外什麼也看不見。

他就是在這樣毫無預備的狀態下闖了進來。

撐著一把深藍色的傘，乾淨的白色襯衫，俐落的卡其色長褲，簡單到不行的組合，卻成為這個被雨幕包覆的世界裡過於鮮豔的顏色。

「我送妳。」

他說。淺淺揚起笑。

「雖然不是能送妳回家的關係，但到附近的捷運站還是可以的。」

「我不搭捷運。」來不及思考我就直覺回答，愣了幾秒才發現自己的答案有些微妙，我接著解釋：「我的意思是，我已經聯絡上朋友來接了。」

「是嘛。」

他的回應沒有明顯的情緒，既沒有對自己的好意沒派上用場的不悅，也沒有對有人來接我感到慶幸，彷彿單純只是他做出了某個舉動，無論結果如何他都能完全接受。

即便是落空。

他收起傘，沒有向我搭話，也沒有額外的舉動，只是安安靜靜地站在一旁，抬頭看著雨。

能站的空間比我以為的更小，而外界的一切又都透不進來，於是男人的存在感隨著分秒逐漸放大。

並不是每個人都能安然地適應沉默。

「你不需要陪我等，你能想得到的防身武器我包包裡都有。」

他愣了下，側過身看了我一眼，目光蘊含的情緒似乎有點微妙。

最後他點了點頭。

「大多時候人的舉動其實不是對方需要，而是自己需要。」

「可以請你白話一點嗎？」

「站在這裡是出於我的考量，畢竟我不是妳需要報平安的對象，我只是做了自己能做到的程度。」他的聲音混著雨聲，彷彿正輕輕震動著。「像是我可以把傘給妳，或者讓妳到店裡等朋友，但我都不想。」

能幾句話就澆滅我稍稍萌生的謝意，某種程度他也是個十分厲害的男人。用著溫文有禮的態度，流暢地拋出讓人不爽的字句，強烈的反差卻恰如其分地安放在他身上。

「嗯、我還是想再說一次，你想得到的防身武器我包包裡都有。」同樣的話語，偶爾能傳遞截然不同的意思。

但他的回應依然是點了兩下頭。

「妳對客戶都這麼不客氣嗎？」

這時候又拿出甲方優勢了？

不、在我將近五年的職業生涯當中，但凡是貼上「客戶」標籤的生物，我都會將他們視為必須嬌養的龍貓，調整最適當的對應溫度，給出最彈性的空間，耐心培養感情，最後端出讓對方滿意的飼料。

蘇啟懷從一開始就是例外。

「我已經很努力了，你沒感受到嗎？」

「大概是有。」他微微聳肩，語調不輕不重。「但很多時候人在乎的只是結果，就像一個馬拉松選手，無論他練習了多久，又或者多刻苦，只要他不是第一個衝過終點線的人，其實不會有太多人在乎他的努力，因為這世界上大多數的人都很努力。」

他說得沒錯。

儘管聽起來非常尖銳。

「能衝過終點線的人也只有一個，不是嗎？」

大概是因為下雨，又或者是由於狀況太過不尋常了，兩個稱不上認識的人，彷彿被雨幕阻擋在世界之外，於是那些藏匿在心底的某些什麼，一不小心就洩漏了出來。

「你大概猜到了漂流是被前輩推給我的，那是因為她搶走了我的案子，那是我提案爭取到的，但就連這一點，都成了她跟我討要我辛苦整理出來的資料的理由……其實這跟你、或者是跟漂流一點關係也沒有，但偏偏你又像是漩渦的一部分，一碰上你，各種關於案子被搶的情緒又忍不住湧上來……」

我苦笑，低頭盯著眼前散落的碎石頭。

「很不專業我知道，所以我只能採取迂迴的方式來蒐集資料。」我深深呼了口氣，儘管他的案子是我現在必須緊緊握住的繩索，但對他並不公平。

「其實，你堅持的話，老闆應該還是會讓前輩接下你的案子，或是你可以提出換其他人負責……」

「這是妳的意願？」

「呵呵。」我乾笑了兩聲，「丟了案子我大概要準備找新工作了。」

「人的生活中絕大多數的存在都是某個核心的餘波，因為人真正在乎的其實也就那麼幾樣東西，我不在意妳先前的情緒反應，但漂流正是少數那幾樣我非常在乎的存在，希望妳好好消化情緒之後能認真地面對並且對待它。」

蘇啟懷說了很長一段話，語氣有些冷淡，我卻從中感受到一股暖意。

或許從起初便是如此。

在講座會議室裡，他態度冷淡還找來保全準備轟我出去，卻沒有丟下睡了好幾個小時的我。

「謝謝你……還有對不起。」我聲音變得有些小，接近自言自語。「本來以為你性格很差，但其實人滿好的嘛……」

但聲音再小，他似乎一樣聽得清清楚楚。

「妳大概誤會了，我的性格真的不好，比如第一次見到妳，我是真的打算報警，畢竟會特地跑去參加一場講座，卻整整睡了三個小時的女人，怎麼想都不是很尋常。」

突如其來就來翻一筆舊帳，這傢伙是不是有病啊？

氣氛好不容易緩和了點，他一句話就瘋狂降溫，別人了不起就是澆一盆冷水，他潑的根本是一桶冰塊！

不行，蹲在地上氣勢就弱了一截。

我刷地起身，卻錯估了兩人的距離，導致我跟他之間只隔了一個掌心的長度，連他的呼吸都清晰可聞。

太靠近了。

但先退後就輸了，於是我只能撐住，拚命忽視縈繞在鼻尖的他的氣味。

「先前我的各種反應是我的失誤，但下次見面我保證會給你百分之一千的專業，就算客戶性格乖張我一樣會認真對待案子，往後我們就公事公辦。」看準時機我往後踩了一步，「不要再拿私人感情來說事。」

沒想到，蘇啟懷又不合時宜地笑了。

「所以我們有什麼私情嗎？」

才、沒、有！

我冷哼一聲，顯而易見的陷阱我才不會跳，無論我回答有或者沒有，在他的講座睡著這件事就是他能發揮的黑歷史，他怎麼不說是自己演講太無聊，連嚴重失眠的我都無法抵抗？

正當我準備說話，一道強光猛地穿透雨幕，闖進了只有我和他的空間，接著是一陣尖銳刺耳的喇叭聲。

鄭凱寧的出場總是讓人無法忽視。

「我朋友來了。」我下意識看了蘇啟懷一眼，這才發現雨勢太大，縱使他帶了傘但褲腳和鞋子仍然都濕透了，我撇開頭當作沒看見。「本來能請她送你回店裡的，但因為我們沒有私情，你還是自己回去吧，反正才幾步路。」

「徐昕雅快點上車！」

鄭凱寧搖下車窗扯聲大喊，說完就急忙要關上窗，動作到一半她卻猛然停住，臉上露出驚喜訝異的神情。

「你怎麼在這裡？」

很顯然，她指的不會是我，而這裡除了我之外，就只有蘇啟懷。

「你們認識？」

「他就是那天把妳從海裡救上來的人啊！」鄭凱寧熱情地招呼他，我卻頓時無法動彈。「雨這麼大，我送你回去吧。」

我像一百年沒上油的機器玩具般僵硬地看向蘇啟懷。

他再度不合時宜地笑了。

「不用了。」他瀟灑帥氣地撐開深藍色的傘，「反正才幾步路。」

說完，他便頭也不回地踏進大雨當中。

嘩啦啦的雨聲覆蓋了我所有感官，我甚至不知道我是不是真的看清了他的背影。

也是直到很久以後我才知道，人往往在最壞的時候，會遇上那個最好的人。

但在那當下我們卻總是一無所覺。

我很難形容此刻的感受。

例如腳泡著熱燙的足浴，手裡卻捧著放滿冰塊的蜂蜜檸檬汁，冷從上往下竄，熱從下往上衝，但結果也並不是在身體某處匯合，而是呈現某種難以具切說明的狀態。

蘇啟懷的存在也是。

「我就是個忘恩負義的傢伙……」我把頭埋在抱枕裡，因為泡著足浴身體呈現怪異的扭曲狀態，但這不影響我的哀號。「就算他性格惡劣我也應該要心懷感恩才對……」

「你覺得這種狀況是徐昕雅比較倒楣，還是對方比較倒楣？」

「對方吧。」張晉倫想了一下，「就算沒救過她，遇到她也是滿倒楣的。」

「我聽得到你們說話好嗎？」

「嗯。」鄭凱寧涼涼地應了聲，揚起極其邪惡的笑容。「他從妳跑去人家講座睡覺開始就見證了妳所有不知感恩的樣子，妳不認得他，但妳這張臉，他應該印象特別、特別深刻，畢竟，他也是打了妳好幾巴掌。」

「妳那時候應該提醒他打大力一點。」

算了，交友不慎。

但是蘇啟懷算不算是救人不慎啊？

「啊啊啊——為什麼老天要讓我的生活變得那麼艱難！」

我前一秒才意氣風發地跟蘇啟懷劃清界線，下一瞬間就被狠狠打臉，沒有私情，但有恩情啊！

很好，甲方跟乙方的關係已經夠不對等了，還追加一個救命恩人的砝碼，最重要的是，他自始至終都沒有提起這件事。

他越是不求回報我越是羞愧。

「還不是妳把我推進海裡，就連海邊也是妳說要去的，對，萬惡根源就是妳！」

「我把妳推進海裡，跟他救妳是兩回事。」她絲毫沒有反省的意思，還有空在零食盒裡翻找。「不如說，我替妳驗證了他是一個善良又低調的人，比起妳那個同事跟鄰居好多了，妳應該好好把握。」

她說的是想製造邂逅偷走我的雨傘，對方卻賣我雨衣的公司前輩，跟至今依然把我視為可疑分子的鄰居。

但我的人生不需要這類刻意的邂逅。

或者說，我並沒有多餘的心力能夠捧住一份愛情。

「說了一百次我沒有談戀愛的意思，就算有，也不是這種刻意的開始。」

忽然我意識到，狀況可能比我預想的更加糟糕。

忘恩負義是一回事，情節發展越來越符合鄭凱寧固執的英雄幻想才是最大的問題，所有能夠預測或者準備的事，參雜了她插手的變數就有脫序的可能，簡直像愛麗絲追著兔子跑，跑著跑著卻闖進了龍宮，還跟浦島太郎面面相覷。

不僅如此，越反抗越會激起她的熱情。

「但你們說得對，我應該要好好的表達感謝。」我用力拍了張晉倫的肩膀，「後天你的廚房借我用，為了展現誠意，我決定親自烤個蛋糕送他！」

在第三個戚風蛋糕宣告失敗之後，我被脾氣特別好的張晉倫拿掃把趕出廚房。

迫不得已，我只能帶走他餐廳冰櫃裡的水果派，當作給蘇啟懷的謝禮。

至少包裝是我自己來的。

然而，我拎著打著漂亮蝴蝶結的水果派，站在蘇啟懷的店外，來來回回踱步了快一小時。

推開門需要的勇氣超出我的想像。

最後是門自己開了。

並不是老天聆聽到我的掙扎，而是店員終於受不了我的徘徊。

「店員說有個奇怪的人在店門口繞了一個小時。」

「正確來說是五十分鐘。」

但蘇啟懷顯然不打算跟我探討五十分鐘跟一個小時的差別。

「不進來嗎？」

我尷尬地笑了，默默跟著他踏進店內，假裝沒看見店員充滿探究的視線，最後走進了裡面的一間工作室。

「妳先坐一下，還剩兩件餐盤就拍完了。」

蘇啟懷邊說邊拿起擱置在一旁的相機，瞬間將我拋在腦後，專注地拍攝起眼前的木盤。

愣了三秒我突然意識到這是難得的機會，能從不同角度看見漂流，於是我快速拿出手機，偷偷開始側拍。

前輩曾經說過我缺乏效率，又或者太過感情用事，無論是寫文案或者包裝品牌，不過就是在讓市場買單跟切合委託者想像兩條路找一條走，像我這樣蒐集各種資料、試圖挖掘不為人知的內容，就算一兩次幸運能完成令人驚豔的提案，但更多時候只是浪費力氣。

我沒有反駁，也很清楚自己必須花上比其他人更多的時間和心力，甚至我也不清楚這樣到底值不值得，大概就像我哥說的，只要在期限內交出該有的成果，誰管妳路怎麼走。

繞路也是一種前行。

不到十五分鐘，蘇啟懷就結束了工作。

「這個，我朋友店裡的水果派。」

我把水果派放在工作桌角落，盡可能不干擾桌上的東西，蘇啟懷微微挑眉，似乎是詢問我為什麼突然獻殷勤。

簡直像明知故問。

我偷偷捏了自己大腿，提醒自己，徐昕雅妳完全沒有反抗的餘地。

「今天來跟工作沒關係，單純是來道謝的，就……海邊那件事。」

「喝咖啡還是紅茶？」

「水。」他伸向飲料區的手微頓，我快速補充。「我失眠，不喝有咖啡因的飲料。」

最後他直接從一旁的盆栽摘了兩片葉子，沖了一杯蜂蜜薄荷茶給我。

蜂蜜薄荷茶能舒緩神經。但他沒說，彷彿只是不想端給我白開水才隨手泡了杯花草茶。

蘇啟懷的貼心或者溫柔總是藏在深處。

這樣會吃虧的。

不知為何，我第一個感想居然是這個。

「如果想感謝我，努力完成妳工作就好。」

「把案子做好本來就是我的工作，跟表達謝意是兩回事。」

深呼吸，不要被激怒，別看他說話這麼討人厭，他是個好人，很善良的人，妳看，他聽到妳失眠就默默泡了蜂蜜薄荷茶，更別說他還把妳從海裡救上來呢。

我反覆進行心理建設，努力扯動臉部肌肉揚起笑容，吃東西吧，至少不必對話。

「水果派很好吃的，要不要先吃一點當下午茶？」

「所以是妳喜歡的口味？」

不然我怎麼知道你喜歡吃什麼？

白眼翻了一半，我的理智再度回籠。「當然是吃過好吃才會帶來。」

他終於笑了。

真不懂他的笑點在哪。

但下一刻他的手就伸向方才用來拍攝的木盤，到一旁流理台清洗擦乾後就準備用來盛裝水果派。

「等等等等……這是你們店裡的新品吧，袋子裡有紙盤，用那個就好。」

但他的動作絲毫沒有停頓。

顏色鮮豔的水果派在質樸木盤的盛裝下顯得更加勾人食慾。

「這些盤子做出來的目的就是裝食物。」他把盤子放在我的面前，還附上一看也是店內商品的木叉。「它們被好好使用是我創立漂流的初衷。」

跟蘇啟懷的對壘我沒有一次贏過。

同時，我再度意識到自己錯了，吃東西確實能堵住他的嘴，但瀰漫在我和他之間的沉默卻讓人更加無所適從。

「那個、我知道一個水果派算不上什麼，但還是要跟你說謝謝。」我把最後一口水果派塞進嘴裡，又抓起杯子一口將茶喝完。「你還在忙吧，那我就先走了，下星期我會給你第一版的提案。」

拎起包包我準備離開，沒想到，我才剛準備踏出右腳，他的聲音卻落在我的面前，擋住我的去路。

「如果你想表示謝意的話，週末跟我去海邊吧。」

05

海邊？

去海邊做什麼？

後悔救了我所以準備再把我扔進去作為抵銷嗎？

我想不透，從見到蘇啟懷的第一面開始，我就從來沒能掌握他思考的脈絡。

然而我卻已經坐上了他的車。

狹小的空間裡飄蕩著淡淡的甜橙香味，他伸手將空調調大了一點，隨著動作，他的側臉在日光的映照下有些奪目，像他這樣好看的男人，越不經心的神情舉止越是引人注目。

「安全帶。」

「喔。」

低下頭我故作自然地扣著安全帶，掩飾我方才的失神，但事情總是這樣的，越是掩飾越是彰顯了某些不尋常。

至少現在的我，忽然強烈感受到他莫名的存在感。

大概將任何兩個不大熟悉的人擺進封閉又狹小的空間裡，誰都會不自覺繃緊神經，於是所有的感知都被放大，例如我每次搭電梯都格外焦躁，這麼一想我反而輕鬆了一點。

不是蘇啟懷變得特別，單純是環境空間的加乘。

然而，即便釐清了這一點，也沒有改變我的注意力總是不受控制地轉向他的現況，所幸我早有準備，我想，所有的尷尬與凝滯都來自於無地安放的情緒，既然如此，那便將一個輕鬆又無關緊要的話題擺在中間，不是作為兩個人的橋梁，而是阻擋。

「你要吃點餅乾嗎？」

食物應該是最簡單又無害的話題了。

我拉開背包，各種零食應有盡有，鹹的甜的硬的軟的罪惡的健康的都準備了，我想，他再怎麼難搞也不會比徐子諒難取悅。

但我錯了。

蘇啟懷連眼都不抬就輕巧地將我設置的話題掀了。

「我不在車裡吃東西。」他緩緩轉動方向盤，車子流暢地右轉。「但我不介意妳吃。」

你都這樣說了我會介意啊！

既然準備的東西派不上用場，那就來討論正事吧。

「那個、我們現在要去哪？」

嗯、沒錯，車都已經開了快十分鐘，我依然不知道今天的目的地是哪裡。當然，他說過要去海邊，所以我潛藏的提問是：「你約我去海邊要做什麼？」

「這問題妳應該在上車前先問。」

「正常的狀況當然是這樣，」我討好地笑了下，「但我們之間不正常吧，你救過我啊，我堅信你一定是非常善良正直，一定、絕對不會帶我到奇怪的地方。」

「再怎麼善良正直的人都有黑暗面。」

蘇啟懷真的很難聊天！

深呼吸，甜橙的香味緩慢安撫我躁動的情緒，我緩慢而清晰地說：

「還是一樣，你想得到的防身武器我包包裡都有。」

他笑了。

同樣地不合時宜。

「去看漂流木抵達的終點。」

他突然拉回話題，我愣了幾秒終於反應過來，原來是工作需要，本來不打算聊工作的，畢竟都說了公事公辦，但不帶感情的公務能讓狀況更簡單俐落。

我迅速地拿出隨身筆記。

「那你要不要先介紹一下今天要去的地方？」

「我只是挑了一個比較近的地方，並不是那裡有多特別。」

「我查過資料，並不是所有樹木都能抵達終點。」我拿著黑色原子筆不輕不重地在紙上拉出一條橫線，「就算大多數的文章都用河道、海岸這類概略的詞來描述，但每一棵漂流木走過的路都不一樣吧，那麼，抵達的終點也是不一樣的。」

一個人從出發到抵達，這過程本身就已經是特別的。

我忽然想，大多時候我們跟漂流木也沒有太大的不同，被迫走上預期之外的路途，一邊想著為什麼是我，另一邊只能咬牙往前走，用盡一切的力氣不讓自己被周旁的砂石泥水折毀，最終傷痕累累地抵達終點。

或許，最大的盼望就是遇上一個像蘇啟懷的人，能被溫柔地拾起，輕聲告訴我們，我們是能夠被珍視的。

我們承受的磨難，都是為了成為一個無可取代的存在。

「是嘛。」

他的唇畔似乎泛著笑意，又或者沒有，但他用著低緩的嗓音開始介紹起目的地的海邊。

在筆記本我寫下一個個關鍵字：外木山沙灘、白沙、很多人會去撿拾、木雕……什麼木雕？

我盯著移動速度越來越慢的手，又寫了一次，但木雕的木才寫了三劃，最後一撇還來不及拉開，我就什麼也看不到了。

——再怎麼善良正直的人都有黑暗面。

他的聲音忽然竄進我的意識。

說不定我真的會被扔進海裡更徹底地體會漂流木的處境。

我沒有變成漂流木。

但我的脖子卻因為姿勢不良比漂流木還要僵硬，我只能維持一樣的動作讓肌肉慢慢恢復柔軟，而我的視線因而被迫固定在某一個前方。

蘇啟懷恰好站在那裡。

過於湛藍的天空，輕淺的海風，他一貫簡單乾淨的白色襯衫隨著風鼓動，整潔的頭髮被吹得有些亂，反而散發某種迷幻的氣質。

他一直是個非常有距離感的，但這一瞬間，我忽然感覺他彷彿站在誰也觸碰不到的彼端。

於是我忍不住喊了他。

「蘇啟懷。」

他循著聲音回過頭，大約一秒又或者一分鐘的對視，時間感在這一刻似乎消失無蹤，回想起來總感覺特別短暫，卻又格外長久。

「醒了？睡得比上次短。」

很好。

他一開口就讓現實重重地砸在我身上。

拉開車門我快步下車，刻意伸了個懶腰，用力呼吸，潮濕的海風滲進我的體內，就算昧著良心也沒辦法誇獎空氣清新。

「天氣真好。」

「如果妳再多睡一個小時可能就下雨了。」他勾起唇，溫文的臉龐卻流露出有些壞心的意味。「真是慶幸。」

「對失眠的人來說，能多睡一分鐘，就算碰上傾盆大雨都是值得慶祝的事。」

「——失眠。」他的音調稍稍提高了些，有些戲謔。「這幾次我看妳睡得滿好的。」

確實。

如果不是我不容忽視的黑眼圈，差點我都要以為自己的長期失眠根本是場騙局。

「看看我精美的黑眼圈，這還是遮瑕過的狀態了，我摸著良心告訴你，聽你演講那天跟今天，是我今年睡得最好的兩次了……」

等等。

我後知後覺地發現，對我而言堪稱不可思議的睡眠之神突然降臨，蘇啟懷都在身邊。

巧合與巧合疊加之後依然是巧合嗎？

「看來在我身邊特別無聊，連失眠的人都能陷入深層睡眠。」

真相往往特別殘忍。

但不是每個真相都能被說出口。

例如徐子諒每次煮安神湯給我喝，儘管我反而被那可怕的口感刺激得更加清醒，也要假裝抓住了某些睏意。

「當然不是，」我討好地揚起笑容，比先前的每一次都更加真心。「你知道，有些人的聲音特別能讓人放鬆神經，就像魔法一樣，相同的咒語，不同人唸出來能發揮的強度截然不同，所以，你說不定擁有不為人知的天賦。」

我往前踏了一步。

這是我第一次主動走向他。

應該說，是我在清醒狀態下第一次主動走向他。

「蘇先生，你想不想開發你的潛能呢？」

笑容總是輕淺平緩的他忽然笑出聲，十之八九是在嘲笑我，這一瞬間，彷彿他終於落地了。終於安穩地站在了我的面前。

「妳這是想提前做好轉職準備嗎？」

他的笑還在持續，簡直像在挑戰我的忍耐力，但我有求於人只能選擇忽略，我也決定一併忽略自己跟他的權力有多不對等了。

客戶、救命恩人，又追加一個睡眠之神的可能人選，我暗自嘆了口氣，大概老天在拉我跟他的關係線時，不小心失手把線給扯壞了。

「我只是提出一個雙贏的提案。」

「就算證明了我的聲音能幫助妳入睡，對我也沒有好處吧。」

「你想想看，一個長期失眠的人體力跟思考力都會大打折扣，我就算拿出百分之兩百的努力來做漂流，但那是努力而不是我百分之百的能力，你應該比誰都希望漂流得到最好的成果吧。」

「這是威脅嗎？」

「當然不是。」我想了一下，「是我的請求。」

「等看過妳第一版的文案跟品牌規劃之後，我再給妳答案。」

「這樣，是不是就浪費一次機會呢……」

「妳怎麼能肯定，我會是浪費呢？」

有一種人，以雲淡風輕的口吻就能刺穿別人的心臟。

例如蘇啟懷。

他輕飄飄的一個反問，讓我的心臟痛了兩天，第三天是因為張晉倫補了一刀，導致我分不清現在的痛究竟是誰造成的。

「時間是不可逆的成本，在沒有任何成果的狀況下想吸引人投資，判斷的依據就只有提案者的價值以及可信度。」張晉倫用他那雙黑亮的眼睛掃了我一眼，「對方的選擇很合理。」

「我這五年交出來的東西都是假的嗎？」

「那是歷史資料，但他親眼目擊了妳各種不可靠的表現。」

「我們絕交。」

「這五年我們已經絕交一百三十七次了，過度氾濫的商品價值會越來越低。」他挑了一顆飽滿的蘋果，拿起刀俐落地削起皮。「如果要標價的話，妳的絕交比我做的蘋果塔更廉價。」

「是你店裡的蘋果塔賣太貴好嗎？」

沒辦法，他做的甜點無論從哪個角度來說都非常美味。

張晉倫開心地笑了。

他曾經說過，我最可愛的地方是會乾脆地認輸，也會坦率地承認對方的優點，即使吃過鄭凱寧一萬次虧，我依然能在氣憤的狀態下說出她的生活態度很帥氣這種話。

貶低另一個人並不會讓自己得到實質的提升，我單純只是這樣認為罷了，但他說這並不是一件簡單的事。

「妳唯一能做的就是用實際成果來證明他的判斷錯了。」

「所以我把行李都帶來了。」

離交稿期限剩下三天，我決定不浪費任何一分鐘的時間，把提案跟文案打磨到讓蘇啟懷一眼就拍板通過。

為此我做好了各種準備，第一步就是寄居在張晉倫家。

「我寧可跟妳絕交也不想被學長討厭。」

「不巧，前一秒我們又和好了。」

他無奈地瞪了我一眼，我沒打算浪費時間，立刻打開筆電再度投入工作，反正後續的麻煩張晉倫會擺平。

例如三餐，又例如我哥。

他是徐子諒的學弟，在他眼裡這點似乎是我身上最大的附加價值，甚至比我自身更有價值，但這不重要，因為我長期失眠導致身體狀態不大健康，為了脫離被我哥監視的同居生活，我發誓會準時攝取三餐，不熬夜，就算睡不著也會乖乖躺在床上休息。

當然，我哥沒有變態到在我房間內裝設監視器，但幾乎每天的晚餐我們都是一起吃的，接著他會沒收我的筆電避免我熬夜工作，直到隔天連早餐一併還給我。

唯一的例外就是到鄭凱寧或張晉倫家外宿。

比起在性向正常的男性友人家留宿，對我哥而言熬夜寫提案更危險。

「妳用燃燒自己的方式來爭取療癒自己的可能性，不覺得很衝突嗎？」

「越是想要的東西，就必須有付出代價的覺悟。」

06

但不是付出代價之後就能交換到想要的東西。

我熬了三天的夜。

不是普通的熬夜，而是長期失眠的人放棄稀薄的睡意，這簡直等同在沙漠裡用有限的水分澆灌仙人掌，慘烈地燃燒生命。

我以為，自己費力點燃的這把火能夠淬鍊一隻鳳凰，沒想到，眼前的男人卻端起廉價的紙杯，用索然無味的沖泡綠茶澆滅火焰，還不滿地對散發餘熱的灰燼微微皺眉。

浪費了我一杯茶水。

他的神情彷彿正這麼說。

當然，這些都只是在我腦內爆炸的小劇場，蘇啟懷只是平淡地放下手中的A4紙，讀不出任何表情，沒有一絲我以為會看見的滿意。

「妳寫的內容也沒有太大的問題，但是……」

來了。

甲方的起手式。

其實沒有太大的問題，但是——

「但是」之後就是一連串的修改意見，把提案戳得千瘡百孔之後，再以一句「我覺得這個版本也滿好的，只是跟我想說的不太一樣」。

那、為、什、麼、不、一、開、始、就、說、出、來？

「太直接了。」

「直接？」我忍著頭痛，掛上專業的笑容耐心追問。「可以請你說得更清楚一點嗎？」

「就像是端著一道菜，服務生拚命介紹菜是小農辛苦栽種出來的，又強調了小農為了食材付出了各種努力，還穿插了感人的小故事，但料理最重要的是它本身的美味。」他說，「至少對我而言是這樣。」

直白來說。

——就跟愛心餅乾的訴求一樣。

買餅乾是為了做好事，而不是因為好吃。

我設法描繪出一個能用力擊中消費者感動點的故事，卻用漂流背後的故事遮蓋住了它的自身。

「妳能理解我的意思嗎？」

「嗯。」

我沉默地點頭。

大概，我比任何人都能理解，因為這些年來我都用力想撕下身上的某些標籤，啊、原來妳經歷過那樣的事情啊，一旦有了這樣的開端，往後關乎於我的一切，在對方眼裡都成了那事件的延伸。

他們看見的從那一瞬間起就已經不再是我的自身了。

「我會再改一個版本給你。」

「完全不辯駁就同意修改，跟我對妳的印象有點落差。」

「說得我跟你好像很熟一樣……」我突然停頓，再度撿起掉在地上的笑容。「沒讓客戶滿意本來就該改到好，有缺點就修正就是我們的專業，只是……」

「只是？」

「你也看見了，我的提案寫得挺好了吧，雖然不太符合你的預期，但拿出去消費者還是很買單的吧……我自己看大概有個八十分，當然，我們要追求的是一百分……」

我做作地將散落的頭髮塞到耳後，抬起臉正對蘇啟懷，確保他能鉅細靡遺地看清我的黑眼圈。

用力地嘆了一口氣。

「我燃燒自己到這種程度，不好好恢復的話很難拿出滿分的表現。」我看了他一眼，迎上的是他似笑非笑的神情。「好好睡一覺，比任何營養補充品都更能修復精神。」

「我第一次知道客戶的責任包含這點。」

「合作夥伴。」我認真地強調，「我們現在是要一起達到一百分的夥伴。」

他笑了。

笑意中透著一股無可奈何。

但有什麼辦法？縱使我奮力寫出二十頁簡報來解釋我並不是這樣無賴的人，無論同事或客戶都評價我非常專業又相當冷靜，但如同鄭凱寧說的，一個人能維持面子或者自尊，只是還沒遇到無論如何都想要的東西。

我想好好睡一場覺。

這比面子更實在。

更別說，打從一開始我在蘇啟懷面前就沒有什麼面子或形象可言，仔細想想我也沒失去些什麼。

「所以你要我做些什麼？」

我眼睛一亮，用比千反田愛瑠更炙熱的視線凝望著蘇啟懷。

「你先唸一本故事書吧，就像床邊故事，這間會議室我申請一整天不用擔心被趕，外面還有我同事，如果我睡著了你直接離開就好，也不浪費你的時間。」

我想得很周到吧。

然而也不能確保他的聲音確實能替我找回睡意。

「當然，也不一定會成功，所以你只要給我三十分鐘就好。」我興高采烈地拿出預先準備的故事書跟喉糖，「我連書跟喉糖都準備好了。」

我把書遞到他面前，就等他接下。

以為勝券在握，然而他卻抬手看了一眼腕錶，冷淡地說：

「我現在沒空。」

沒空？

我敲定會議時間明明多預留了半小時，就算他再忙那段時間也已經被我圈定了，但他卻理直氣壯地跟我說沒空。

還乾脆俐落地走了。

本以為箭在弦上只消射中他頭頂的蘋果，他卻出乎預料地把蘋果扔回給我，留下還拉著弓卻不知如何是好的我。

「一顆安眠藥都比你強！」

但問題是，我無論如何都不想吃安眠藥。

所以就目前的狀況來說，蘇啟懷還是比較強的。

「哼，說不定那兩次睡著根本只是巧合……」

抱著兔子玩偶從床的這端滾到那端，又從那端滾到這端，房間內縈繞著用來催眠的心經，但我剛剛灌下的三杯舒眠茶，沒有助眠反而讓我在跑了兩趟廁所之後更加清醒。

又睏倦又清醒，簡直像在我體內上演矛盾大對決一樣。

算了，還是運動吧。

越是自虐越是有用，拖著疲憊的身軀進行有氧運動是我經歷各種實驗得出的最佳解方，但也是我最討厭的方法。

而這種時刻，特別是在我進行開合跳的狀況下，某個有如鴆酒的誘惑便會瘋狂竄出，誘惑我抱著玩偶帶上安眠藥去找我哥。

我不吃安眠藥，唯一的例外是在徐子諒身邊。

就算他是我人生中最大的威脅和磨難，但為了持續坐穩威脅跟磨難的位置，無論火災或地震，甚至是外星人入侵，他也絕對會扛著我逃離現場。

但這極有可能成為他逼我再度跟他同居的籌碼。

都三十歲還跟妹妹同居，我才不想成為他萬年單身的助燃物。

在我準備跳第二輪有氧的時候，電話響了。

「……誰啊？凌晨一點打電話來的不是變態就是有病。」

張晉倫通常是那個變態，在深夜研發新菜譜遇到瓶頸就會鎖定我，而有病的是鄭凱寧，在她上完小夜班之後特別容易發作。

我沒想到，還有第三個可能性。

——睡眠之神？

我飛快地接起電話，卻清了清嗓子，擺出漫不經心的姿態，先以一陣空白的沉默作為開場，再緩慢地給出回應——

本來是這樣打算的。

然而我連第一個音節都還來不及發出來，蘇啟懷就搶先投出炸彈。

「還需要唸故事書嗎？」

「要！」

連一秒都不到，我就兵敗如山倒。

定義蘇啟懷的存在成為我這一天開始的新難題。

瞪著鏡子裡那張稱不上容光煥發，卻明顯精神飽滿的臉，我的情感相當雀躍並且激動，但我的理智卻充滿濃濃的憂慮。

「睡眠之神的大腿不是很好抱啊……」

經過昨夜，我再次確認了，生命中巧合往往都不只是巧合。

儘管非常玄幻，也難以掌握原理，但蘇啟懷的聲音似乎具有將我推進夢鄉的魔力，而且非常強效。

昨夜蘇啟懷隨意拿了本托爾金，也沒打算從開頭讀起，而是從他讀到一半的章節接著唸，不僅一點儀式感也沒有，連特殊對待也稱不上，更像是「反正我睡前也要讀點書，就順便唸給妳聽」，但我一點意見也沒有，再說我也沒有發表意見的權利。

在我說好之後，他便自顧自地讀了起來，大概是一個畫家的故事，尼格爾，主角的名字，他似乎東奔西跑的，但我並不清楚他究竟有沒有抵達想望的終點，因為在那之前，我先踏進了迷幻的夢境當中。

彷彿初見那一日，至少是我所以為初見的那一日，純白的薄紗窗簾輕輕揚起，男人那張美好的側臉若隱若現，他拿著一本看不清封面的書，一句一句的讀著。

「睡吧，在這裡妳很安全。」

男人似乎說了那樣的話。

他低頭繼續讀起書，清朗的嗓音輕輕落下，像一陣溫柔的風，一整夜都未曾止息……

等等。

蘇啟懷昨晚唸了多久的書？

我衝回房間抓起手機，小心翼翼地確認通話紀錄，只消一眼就讓我動彈不得。

……兩、兩個小時二十一分？

「他總不會整整兩個小時都在唸書吧。」

我很想這麼說服自己。

然而，一個能輕易拒絕我的請求，斷然起身離開的男人，無論如何我都找不到任何一個他停止朗讀卻不掛斷電話的理由。

人生在極少數的時刻，當你口渴之際向某個人討要一杯清水，你以為他不過是隨手從飲水機倒了一杯水，卻赫然發現嚥下肚的是他親自從三千公尺高山揹下來的雪水。

無論你再怎麼錯愕，水都已經喝下去了，想吐也吐不出來。

更糟糕的是，你搜尋一圈，悲慘地發現自己身邊沒有任何一樣東西能夠等價交換，不僅如此，還得厚臉皮地繼續討水喝。

有任意門能直達夢境，誰還想辛苦跋涉大半個地球還得東敲西挖才能找到夢境的入口呢？

既然我找不有價值的交換物，只好付出無價的感情。

於是我親手燉了冰糖雪梨，好吧，我只是把所有食材扔進電鍋，但我經手的步驟越少，對蘇啟懷越安全。

總之我提著保溫壺，又在漂流店門口徘徊了十五分鐘，這次是店員推開門探出一顆頭來確認我不是可疑分子。

「妳找老闆嗎？」她瞄了一眼我手裡的保溫壺，「嗓子啞掉通常不是女生嗎？」

什麼？

她剛剛說了什麼？

我還在消化她的語意，她就推開門逕直轉身走回店內，指了工作室的方向，讓我自己進去。

打開門迎上蘇啟懷的那一刻，我飛快地遞出保溫壺，但店員微妙的喃喃自語忽然浮現在我腦中，彷彿整個房間的氣氛都氤氳著某種不可明說的意味。

「……那個、昨晚辛苦你了。」

話才說完，端著茶的店員恰好走進來，她把茶擺在我的面前，意味深長地瞄了我一眼。

不是，真的不是妳想的那樣。

「花的時間是比我預想的長一點。」

正要踏出工作室的店員突然頓住腳步，又回頭看了我一眼。

算了。

我不想辯解了。

蘇啟懷的嗓音明顯變得沙啞，我立刻倒了一杯冰糖雪梨給他。

「趁熱喝吧，能讓喉嚨舒服一點。」

「昨晚睡得好嗎？」

「嗯，很久沒有睡那麼沉了，今天精神特別好。」

我重重點頭，又小心翼翼地瞄了他一眼，想說些什麼卻在輾轉之後又把字句嚥了回去，他幫了一次忙是好心，喉嚨還啞了，想請他繼續讀睡前故事根本是得寸進尺。

本來以為自己開得了口，但望向他那雙沉靜的眼眸，我突然打消了念頭。

「還需要我繼續唸書嗎？」

聞言，我驚喜地瞪大雙眼，卻像隻偷吃的貓抿了抿唇。「你的喉嚨需要休息……」

「那就算了。」

「好。」差一點我就撲上前握住他的手了，我揚起燦笑討好地眨了兩下眼。「就算你凌晨三點打來我一樣會立刻接電話。」

他的嘴角泛開淺淺的笑，我捧起水杯，假裝沒察覺他調侃的神色，卻聞到淡淡的中藥味。

我勉強喝下一口茶，黨蔘補氣，我完全不想探究店員到底誤會了什麼。

然而，男人的一舉一動卻讓人忍不住猜測。

「你對每個人都這麼好嗎？」

「不是妳用漂流的文案威脅我的嗎？」

「呵呵。」他說得太理直氣壯，我竟無言以對。「那你慢慢喝，我不打擾你了。」

我摸摸鼻子，拎起包包想以不帶走一片雲彩的姿態優雅退場，但我才按下門把，他低啞的聲音卻落在我的身後。

「我不是一個善良的人。」

他這麼說。

07

越是善良的人越不願意承認自己的善良。

蘇啟懷大概正是這類口是心非的人。

從那天開始，和一到十二點就解除魔法的神仙教母相反，指針跨越十二的那一刻，電話鈴聲就會響起，他用低緩溫柔的語調唸上三十分鐘的睡眠咒語，有時候是奇幻小說，有時候是散文隨筆，但毫無例外，我總是撐不到跟他說再見。

我和他的對話框裡，沒有任何文字訊息來回，只有一整排通話時間三十分鐘的紀錄。

彷彿什麼都沒有，卻又藏匿了太多的什麼。

「徐昕雅，妳是不是自己跑去做醫美沒找我？」

「妳忘了我還欠徐子諒錢嗎？」

鄭凱寧狐疑地扳住我的腦袋，像觀察昆蟲一樣來回檢視，最後還用力捏了下我的臉頰。

「很痛耶。」

「妳每天失眠氣色怎麼可能這麼好？妳快從黑色熊貓褪色成灰色熊貓了。」

「誰跟妳是熊貓。」

我有些心虛地別開頭，端起水果盤走向流理台佯裝忙碌地刷洗碗盤，但其實水槽裡也只有一個杯子和一個盤子。

跟蘇啟懷的那三十分鐘我沒告訴任何人。

不知為何，我不想跟任何人分享這件事，包括知道我所有秘密的好友。

這也很自然，畢竟是我單方面麻煩蘇啟懷，更應該阻卻所有額外的問題，一旦鄭凱寧攪和進來，狀況百分之百會變得複雜難解，就像她一把將我跟前輩推到了對峙的兩端，在她的世界觀裡感情從來不存在模糊地帶。

但我跟蘇啟懷哪裡模糊了……？

「原來不是偷偷去做醫美，是背著我談戀愛。」

「妳是什麼捉姦在床的正宮嗎？」等一下，意識到不對的我猛然回頭。

「說了一萬次不要隨便動我的手機！」

「誰叫妳的密碼每次都那麼好猜。」

「不要檢討被害者！」

「好，那就來談談每天深夜跟妳通話三十分鐘的蘇先生。」

我不會有勝算的。

從小我就明白這一點。

然而任何一場戰役，不到最後關頭都不能放棄。

「我們每天會簡短開會討論案子，他只有這個時間有空。」

「晚上我約子諒哥一起到張晉倫的店裡吃飯，子諒哥還沒試過這個月的新菜……」

「卑鄙。」

抵抗持續不到十分鐘，我就被迫投降。

我避重就輕地說明睡前朗讀的原委，卻因為第一次設法梳理這件事，赫然發覺無論採取哪個角度的切入點，睡前朗讀的本身就充滿想像空間。

「沒有一個男人會善良到每個晚上都替一個女人唸床邊故事。」

「大概他想當光禹吧。」

「當人越極力想模糊焦點，就越凸顯那裡面藏有不可告人的秘密。」鄭凱寧曖昧地指向我的心臟，「例如一直主張不打算再談戀愛的人，卻不由自主地陷入一段愛情。」

「他只是樂於助人而已，不要一男一女湊在一起妳就只想把人往愛情裡扔，不是每個人都像妳一樣，明明知道愛情是沼澤還拚命往裡面跳。」

「那只能說是我運氣不好，跳進去的都是被汙染的池子，但世界那麼大，人生又這麼長，總有一座澄澈的湖泊等著我。」她抿了一口不再冒著熱氣的紅茶，露出有點嫌棄的表情。「我是期待能遇到生命中的英雄，但我沒那麼天真，以為站在原地什麼都不做就能得到美好結果，無論是英雄或者王子，他們也只是一個人，他們也需要有人抓住他的手。」

她美好的唇畔揚起一抹異常耀眼灼目的笑容。

「我想要一個能夠替我屠龍的英雄，但我也會成為抓住他的手的人，所以，只要眼前的男人有一點成為英雄的可能，我都會好好把握。」

雖然，截至目前為止她抓住的都是渣男。

但她確實是一個會奮力追求自己所想的人。

「差點被妳帶偏了，妳要追逐愛情我不會阻攔妳，但是我沒這個打算。」我瞪了她一眼，搶回手機，煩躁地把通訊軟體關掉。「我的愛情摔過一次就夠慘了，我沒有興趣像妳一樣收集渣男圖鑑。」

鄭凱寧看向我。

神情認真地讓我忍不住想閃躲。

「每一場失敗的愛情都會造成傷痕，妳可以為了不想再受傷而放棄冒險，這一點沒有人能責備妳，也沒有人能逼迫妳。」她握住我的手，不讓我有退縮的餘地。「但是，錯過後的遺憾比受傷更痛，而且遺憾沒有傷口，就算想治療都無從下手，誰也不能保證對方是不是那一個對的人，但只要妳會因為沒抓住而感到一點可惜，就應該往前走。」

她說。

「人可以被過去拖慢腳步，但不能困在原地。」

沒有人能夠一輩子等著我們。

無論是某個他，或者總是包容並且守護著我的她和張晉倫，他們的步伐都不斷在往前。

更重要的還有——

「就算是為了徐子諒，妳也應該冒一點險。」

鄭凱寧奮力地翻攪我的思緒之後，拍拍屁股就走人了，一點責任感都沒有。

連她用過的杯子都沒收。

我粗魯地刷洗杯子，一個兩個都一樣，不管是她或是漂流的店員，隨隨便便就將自己的臆測撒在我身上，明明是她們扭曲我和蘇啟懷的關係，結果百口莫辯的卻是我。

「一男一女就沒有單純的關係了嗎？」

那張晉倫不就是周旋在我跟鄭凱寧之間的混蛋了嗎？

好吧，他曾經是，只是主角是鄭凱寧跟另外一個女人，鄭凱寧還因此狠狠搧了張晉倫一巴掌，沒想到兩人的關係在一巴掌之後沒有分崩離析，反而以我為支點形成相當奇妙的狀態。

他們分手那年我遭遇了意外，在醫院住了好幾個月，又經過漫長的復健，兩個應該要老死不相往來的人卻發揮了過去交往的默契，和徐子諒一起輪流看顧我，隨著我漸漸好轉，他們也構築了新的關係。

但他們的經歷跟我無關！

反正身正不怕影子斜，我坦坦蕩蕩地走自己的路，睡前故事又怎麼了？還不是為了以最好的狀態寫出漂流的文案。

這叫做敬業！

但我的堅定只持續到半夜十一點五十九分。

十二點一到，電話鈴聲響起的瞬間，明明早有預備，但我的心臟卻忍不住顫了下，鈴聲持續響了好幾聲我才壓抑著翻湧的情緒接起。

「我離電話有點距離，所以多響了幾聲。」

「沒事。」

另一端傳來翻動書頁的聲音，細微卻異常清晰，我忽然感到有些乾渴，一時間分不清發燙的是手機還是我的耳朵。

偏偏他今天唸的是一本愛情小說。

「……我的理智隱沒在透著冷意的晨光之中，忽然我好想見到她，發了瘋似的奔跑……」

我好想見到她。

我的思緒忍不住在這一句話上頭盤旋打轉，後來他唸了什麼我就記不太住了，甚至回過神來，回響在我耳邊的，只剩下通話結束的靜默。

「晚安。」

他說。

在通話結束之前。

這是我第一次沒在他結束朗讀之前睡著，也是第一次知道，原來在最後他都會留下一句晚安。

「……晚安。」

我的心有點慌。

在每個晚上幫助我安穩入睡的朗讀聲，卻彷彿一頭又一頭無止境綿羊，在房間的各個角落奔跑跳躍。

比過往睡不著的每一個夜晚都更加輾轉。

輾轉著太陽就出來了，但夜似乎沒有走遠，還將它的幽黑留在我的眼眶底下。

一個星期的成果，一個晚上就足以毀壞殆盡。

大概是太過頹喪了，以至於堪稱罪魁禍首的男人都忍不住詫異地挑起眉，我無從解釋只能尷尬笑了下，壓抑莫名其妙的不自在，卻還是挑了一個離他稍微遠一點的位置坐下。

但會議室就這麼大，開會的人就我和他，任何的迴避都是徒勞。

「睡得不好？」

「大樓的消防警報突然響了。」

某種意義上我沒說謊。

人體內的感情一旦開始叫囂，那聲響比消防警報還要尖銳一百倍，還無處可逃。

我把新的稿件遞給他，儘管前一天已經給我電子檔了，一半以上的同事甚至都直接開啟筆電頁面討論，但我卻仍舊堅持以紙本溝通。

大概，這也是一種停滯吧。

「這一版，你讀完的感覺呢？」

「睡眠充足果然還是有幫助的。」

「我可以理解為你很滿意嗎？」

「不到一百分，但可以接受。」

「乾脆一點說過稿，讓人開心一點不行嗎？」他輕輕扯動唇角，我又突然感到乾渴，抓起礦泉水喝了一大口。「我今天會開始寫結案報告，你突然反悔說要改我也不會認帳。」

「我知道妳不會認帳。」

雖然是附和我，但為什麼聽起來如此不爽？

我瞪了蘇啟懷一眼，又灌了一大口水，一股清涼順著我的喉嚨滑進體內，我突然想到，結案，是不是意味著夜裡的睡前朗讀也該畫下句點？

甚至，我和他之間也沒有其他的延續了。

明明是清甜的礦泉水，殘留在舌尖的卻是一抹隱隱的酸澀。

但本來，我就不應該跟他有任何延續，公事公辦的關係已經走到底了，縱使他曾經救過落海的我，也應該保持適當的距離，正如他起初那般，溫和禮貌卻疏離。

「這陣子非常感謝你，案子順利結束了，晚上……也就不用再佔用你的時間了。」

這樣也好。

我握緊正微微發顫的手，斂下眼不去看他的表情，鄭凱寧掀起的風浪到底還是動搖我了，我忍不住放大屬於他的一切，而人一旦太在意某個人，無論起初有或者沒有，時間久了，也必然會萌生某些什麼。

而我沒有多餘的力氣去擔負新的感情。

「我送你出去吧。」

我站起身，揚起一抹克制而專業的笑容。

從這裡走到公司大門，大概只需要三分鐘，我想，醞釀一個適當的再見應該是夠的。

然而我卻越走越慢。

甚至落後蘇啟懷一大步。

回過神來，他已經一腳跨出公司大門。

「蘇啟懷。」

他停下腳步，旋身望向我，表情有些納悶。

「我應該請你吃頓飯。」

我非常勉強才能將口水從乾燥的喉嚨嚥下去，我的話停頓得有點久了，但他沒有催促我，只是安靜地凝望著我。

「畢竟，你替我唸了那麼多天故事。」

他的回應也隔得非常久。

望著沒有明顯表情的臉龐，我以為他會如往常一般毫不同情地拒絕，卻看見他輕輕點頭。

就只說了一個字。

「好。」

當意念和實際行為出現落差，人就會被巨大的矛盾吞噬，例如我想大力撞牆讓自己清醒一點，卻總是在距離最後一公分時輕輕落下。

坐在辦公桌前，我又忍不住拿頭輕輕撞擊著桌面，發出細微的咚咚聲，卻掩蓋不住他那一聲有如咒語束縛住我的「好」。

並且，隨著時間威力越強。

「小雅，老闆找妳。」

同事的聲音暫時拯救了我的辦公桌，她的表情透著些許同情，我蒼白地笑了下，人總是會被表象蒙蔽的，我的種種舉動讓同事們誤以為我搞砸了案子，此刻迎接我的不是開除就是向前輩負荊請罪，任何的解釋都是多餘的，但更大的原因是我更難說明為什麼案子順利完成情緒卻異常低迷。

無論成功或者失敗，其實本質都是一樣的，都是一種結束。

我推開門走進老闆辦公室，他正悠哉吃著團購的零食。

「這次的文案寫得不錯。」

他津津有味地又吃了一口零食，差一點我都以為他說的是「這次團購的零食不錯」了。

「本來案子就是緣分，不管大小都很重要，這次的事情就當作讓妳重新調整心態，最近談下的案子我發到妳信箱了，好好做。」

一手拿著糖果另一手卻拎著棍子，他大概是整個世界最擅長這一套的人了。

好像就這樣了，妳吞下委屈乖乖把事情做好，就能得到另一份補償，妳看，妳還不是拿到了另一個知名廠牌的案子了，妳再多說一句話都是不識相，都是會破壞一切圓滿的壞人。

但其實不一樣，根本不一樣，所謂的補償不就意味著那並非最初想要的嗎？只是衝撞了幾次之後，除了遍體鱗傷之外也得不到什麼，最後妳學到其實最正確的回應只有一個——

「謝謝老闆。」

得到「補償」的我反而更低迷了。

「學姊，晚上要不要去附近那間韓式料理吃飯？案子結束應該慶祝一下吧。」

又是吃飯。

我還有個沒履行的約呢。

「改天吧。」我下意識來回把玩著桌上的筆，盡可能讓語調顯得漫不經心。「說到餐廳，如果要請一個不太熟，但幫過妳不少忙的人吃飯，妳覺得選在哪裡比較合適啊？」

這類的問題我通常會問張晉倫，但張晉倫和鄭凱寧甚至還有我哥，總之他們有著隱密的通訊網，沒多久前我才信誓旦旦宣稱要跟蘇啟懷保持距離，卻主動邀約他吃飯，根本是用力打自己的臉，我不想讓朋友接著再往我臉上搧幾巴掌。

「單獨吃嗎？」同事拋來曖昧的表情，「男的？」

到底為什麼這世界上的人聽到一男一女都不能保持單純乾淨的心思？

一個人兩個人三個人來回在我耳邊說著，幾乎要讓我懷疑自己了。

「這不重要，妳就理解成應酬。」

「但其實不是應酬對吧。」她隨手抓了一顆牛奶糖，剝開包裝卻遲遲不扔進嘴裡。「對方說不定會有不同的理解啊。」

「他不會誤會啦。」

「話不能說得這麼滿，男人都嘛差不多，如果對妳有意思，就算在麥當勞吃飯也會會錯意，但這也不是妳能控制的。」她無所謂地聳了聳肩，「不然，妳就把他對妳的幫忙換算成差不多價值的餐廳等級，大概是能消耗掉妳對他的感謝的程度就好。」

然而我的信用卡額度可能不太夠。

我無奈地嘆了一口氣，同事理解地點了點頭，但我根本不明白她理解了什麼。

「哎呀，也不一定要去什麼餐廳啦，謝意本身就是無價的嘛，畢竟已經到月底了，親手做點東西送對方也可以。」

「妳在鼓吹我謀害對方嗎？」

「買點東西假裝是自己做的就好了啊，我前男友到現在都以為我廚藝超好。」她得意地把牛奶糖放進嘴巴，「只要裝得夠好，就是真的了。」

感情也是。

只要裝得夠好，其他人就會相信妳是真的不在乎了。

最後我還是選了一間美式餐廳，而且是非常難訂的 IG 名店。

明亮，喧鬧，不適合談心也無法進行深刻的思考，不需要能夠烙進記憶的細心調味，鋪張的擺盤和鮮豔的色彩足以引起三秒鐘的關注就好。

「這間店最近很熱門，同事推薦的。」

同事或者好友永遠是最佳的揹鍋人選。

「我知道。」他端起華麗的玻璃水杯，以格格不入的方式抿了口。「小黛前陣子來過，她說要提前一個月才能訂到位。」

小黛是那個泡黨蔘茶給我喝的店員，但那不重要。

提前一個月，他甚至還沒開始替我朗讀睡前故事，他輕飄飄的一句話，說得好像為了這頓飯我籌謀已久。

「朋友認識這間店的老闆，對我來說不是很難訂。」

「是嘛。」

當、然、是！

眼前卻沒有能夠解釋的空隙，人生最憋屈的時刻，不是有苦卻說不出口，而是對方彷彿信了妳的話，但更像他寬容接納妳的藉口，妳想把話說清楚，卻又顯得妳似乎太在乎了。

不知不覺，話題就過去了，事情也被定了調，整個世界好像就只剩下妳在糾結這個已經被翻篇的話題。

「妳看起來好像睡得不是很好。」

「習慣就好，反正這幾年都這樣，不然你要繼續幫我唸睡前故事嗎？」說完，我愣了下，搶在他接話之前阻止他的回應。「當然不用，想要入睡我還是有不少辦法的。」

我害怕他出乎意料地點頭說好，讓事態往難以掌握的方向急奔而去。卻更不想，從他口中聽見拒絕。

「那就好。」

我有些勉強才能將有些乾硬的麵包嚥下去，那就好，他輕巧的三個字卻彷彿帶走了周旁的所有水分，乾燥得讓人眼睛發澀，再不願意承認我也否認不了了，關乎於他的一切，帶給我的影響超出了我能承受的範疇。

有人說，每一份愛情的開端都是一個微小的在乎。

我沒有承接愛情的預備，也不想澆灌曖昧，即便我一再這樣宣告，卻抵擋不住內心有一道聲音，拚命叫囂著不想就這麼畫下句點。

理智。和感情。兩者拉扯的力量大得簡直能把人撕成兩半。

「你對每個人都這麼好嗎？」

很好。

不要寄望長期失眠的人能擁有多少理智。

我記得我也曾經問過一樣的問題，但一模一樣的句子，意涵卻能夠完全不同。

「例如哪個部分？」他帶著笑意瞄了我一眼，「原來我在妳眼裡的評價還算正面。」

跳下海救我。守著打瞌睡的我。在雨天陪我等人。幫我泡蜂蜜薄荷茶。還有，替我唸睡前故事。

但挑出任何一個都可能暴露了我的心思。

「聽說你在我老闆面前幫我說了一些好話。」

「難道妳認為自己的成果不值得獲得誇獎嗎？」

「也是。」

他又笑了。

依舊是挑在這種不合時宜的時間點。

只是這次，我卻忍不住偷覷他的笑容，在明亮燈光的照映之下，似乎顯得太過耀眼奪目。

我的心有點亂。

甚至不確定塞進嘴巴裡的是薯條還是洋蔥圈，總之油膩膩的，直到刷完卡拿到簽帳單的瞬間，我才整個清醒過來。

剛剛吃了什麼我記不清，但接下來一星期我大概只能吃土了。

看見我的表情，他又笑了。

「就不能讓我們有個愉快的句點嗎？」

「我覺得滿愉快的啊。」

「你真的很難相處。」

瞪了他一眼，我胡亂地將簽單塞進錢包，眼不見為淨，我還低著頭，下一刻卻被他用力一扯，毫無預備地撞上他的胸前。

屬於他的溫度與氣味蠻橫地掠奪我的所有感知。

不對。

蘇啟懷不走這種霸道總裁的路線吧？

果然，下一秒他就將我推開，神情平淡地彷彿方才不過是我的幻想，但他的白襯衫卻留下一抹刺眼的紅色唇印。

「就算是車不多的路口，也要注意看路。」

「你的襯衫……」

他低頭，似乎才發現上頭的顏色。「我回去洗一洗就好。」

「我幫你弄乾淨吧……」

「我只穿這件襯衫，妳要怎麼替我弄乾淨？」

他調侃的語氣，疊加上我眼前那抹不容忽視的紅色，我忽然腦袋一熱，理智大概也隨之蒸發殆盡了。

「我家就在附近。」我有些艱難地接續，「不趕快洗掉可能會留下痕跡。」

我別開眼，迴避他的視線，又刻意地咳了兩聲。

「你不要想太多，我只是覺得你的襯衫好像不便宜，我沒錢可以賠……你不想就算了，反正說好了，萬一留下痕跡我不會認帳的。」

「我知道妳不會認帳。」

第二次聽他附和我這句話，真是越聽越不爽。

好像，我是什麼糟糕的女人一樣。

「要不要一句話，不然我要回家了。」

「好。」

——好？

忽然間我的動作僵在原地，好，是指「好，我跟妳回家」，還是「好，妳回家吧」？

我小心翼翼地瞄了他一眼，掌心有些濕潤。

「我往左邊走，那你——」

他說。

「我會跟著妳的方向走。」

當沙發上坐著一個上身赤裸只披著浴巾的男人該有什麼想法？

身材比我想像中好……

不是。

我甩了甩頭，設法將注意力拉回正在搓洗的白色襯衫，但眼前的襯衫又再度強調了男人沒穿上衣的事實，我的視線在一分鐘內忍不住飄移了十幾次。

房間太小是個嚴重的問題。

看吧，洗完襯衫要拿吹風機吹，也得經過他。

「無聊的話要不要先看電視？」

「我不覺得無聊。」

蘇啟懷就坐在沙發上連手機都沒拿出來，到底哪一點讓他不覺得無聊？

我心不在焉地吹著衣服，忍不住跟隨他的視線在房間內四處滑過，一邊確認沒有掉出什麼不可見人的東西，最後他的目光落在書桌上的一截白色樹枝。

漂流木。

上次去海灘時順手撿的。

因為覺得好看，還特地找來漂亮的玻璃瓶，搭配乾燥花裝飾成擺件。

「漂流木跟乾燥花當裝飾滿好的，不用擔心凋謝，也不會強調時間的流速有多快。」

「但大多數的人都偏好盛開的鮮花。」

「也許吧，但再怎麼盛開的花都會凋謝。」我關掉吹風機，房間瞬間顯得異常安靜。「短暫的擁有換來長長的惆悵，不太等價。」

忽然他站起身。

一步一步朝我走來。

房間不大，在我反應過來之前他就已經走到我的面前，敞開的浴巾讓我腦袋短暫停滯，他笑了下，拿走我手中的襯衫。

「滿好看的。」

「什麼？」

蘇啟懷的目光落在我的臉上，我的身體有些發燙，或許是因為吹風機殘存的熱風，又或許是因為他。

「改天我會試試用漂流木來裝飾工作室。」

這微妙的失落是怎麼回事？

我乾笑了兩聲，偷偷拉開兩人的距離，盯著他慢條斯理地扣著襯衫釦子，臉頰又莫名其妙地升溫。

「創意啟發應該要有點報酬吧。」

「嗯？」他瞇起漂亮的眼睛，「今天太晚了，下次再給妳報酬吧。」

這麼乾脆？

但看著他果斷俐落地拿起包包，示意我帶他下樓的動作，我又有種他太過乾脆的感想。

他的每一個步伐都毫不拖沓，踩著他的影子，我卻移動得比平時更慢，只是，龜兔賽跑的故事很早就告訴我們了，除非我們學兔子躲在樹下偷懶瞌睡，否則就算是隻再慢的烏龜，走著走著都會到達終點。

蘇啟懷卻在離終點線只剩一步的距離停下，轉身望向我。

「妳問我是不是對每個人都這麼好，大概在我身邊的人會跟妳說是，但是，」他深邃的眼眸在夜裡在街燈的氤氳之下顯得太過幽黑，「再善良的人都存有私心，而我說過，我並不是一個善良的人。」

垂落在身側的手正微微發顫，我捏了捏掌心，努力維持平靜。

又聽見他問。

「下次換我請妳吃飯吧，就當作剛才妳啟發我靈感的報酬。」

在方才那段話之後，我和他都很清楚，再普通的邀約都成了一種試探。

他等著我的答案。

忍不住緊握雙拳，我暗自深吸了一口氣，想要得到些什麼總是需要冒險的，再膽怯的人也會有想勇敢一次的時候，或許，會是這個人也說不定。

我好不容易才拼湊完整的一個「好」，即將說出口的瞬間，我竟瞥見了一抹濃重的黑影，也許是真的，又也許是幻覺，一個失神，努力凝聚的勇氣卻又散落一地。

「不用了。」斂下眼我凝望著他的影子，那裡沒有任何表情，只有一片什麼也分辨不出來的黑。「那也不是什麼能索取報酬的事。」

「是嘛。」

「那我就不送你了。」

「好。」他說，我卻仍舊沒有抬頭。「那我走了。」

於是他便俐落地轉身，我所認識的蘇啟懷一直是這樣的，乾淨俐落，說要走就必然會果斷地邁步往前。

這時我才終於抬起頭，目送著他遠去的背影。

他穿著白色襯衫的明亮背影越走越遠，逐漸融進了夜的昏暗之中，然而另一道穿著黑色夾克的身影卻一步步向我走近，越來越清晰。

清晰得彷彿在提醒我，一次的冒險就足以讓人粉身碎骨。

09

有些事妳以為只要時間過得夠久就能逐漸風化消散，卻總是在妳想抓住某些新的開始的時候，又張開血盆大口毫不留情地吞噬妳的想望，戴著一張愧疚的面具，卻死命拉著妳不肯讓妳離去。

陳凱文就帶著那樣的表情站在我的面前。

「我剛回國，我只是想來看看妳……」

「但我希望永遠不要見到你。」

「我只是……想好好跟妳說聲對不起。」

「對不起？」我忽然有些恍惚，幾分鐘前還在的蘇啟懷已經完全看不見身影了，我甚至懷疑，他的那些溫暖會不會只是海市蜃樓，此刻的我，四周明明沒有風，卻冷得忍不住發抖。「你只是想讓自己好過一點吧。」

「我——」

「我不需要你的對不起，任何你想做的一切，我都不需要。」

因為在我最需要他的時刻，他轉身逃了。

在那之前，無論我的想像力有多豐富，都不曾預想一份愛情會將我推向深不可見的裂谷，欺騙、外遇、消磨，即便愛情走到底了不起就傷心幾個季節，當淚不流了，春夏秋冬總有花會盛開。

卻沒想到，我跟他三年的感情卻在最濃烈的瞬間被一把刀硬生生地斬斷。

一把真正的刀。

我的身上還留下一道無從逃躲的傷疤。

春天的尾韻還殘留在空氣裡頭，那時的陳凱文總喜歡送我各種不同的鮮花，粉色玫瑰、白色雛菊、橘色鬱金香，或者一朵紫色桔梗，讓我擺在窗邊，一睜眼就是美好的盛開。

「不管是不是花季，有我在，就會替妳送來妳最喜歡的花。」

「明天也會有嗎？」

「不只明天，後天、大後天都會有，我說過會一直陪在妳身邊。」

「說不定只是三分鐘熱度，我才不信。」

但其實我是相信的。

在愛情裡頭，無論他說的話是真的是假的，我們總是會選擇相信。

陳凱文笑得非常燦爛，那時的我以為任何一朵花的盛開都比不上他的美好，他也遵守著他的承諾，就算到了遠方，也一樣會託朋友替我送來一朵花。

連感情剛剛受挫的鄭凱寧都說，只要我跟陳凱文好好的，她就永遠不會失去對愛情的相信。

終於有一天，陳凱文捧著一束花，裡頭放了各種他曾經替我送來的花，在春天即將結束之前，他說，要成為我的四季。

「昕雅，我們結婚吧。」他說，神情裡透著平日沒有的忐忑。「這三年我天天都羨慕自己送的花能成為妳每個早上張眼看到的第一道風景，我希望，往後的每一天，我都能成為妳的開始。」

「可是我希望，你會是我的終點。」

他楞了幾秒，終於理解了我的話意，興奮地抱著我，在熙來攘往的商圈裡大聲叫喊。

「她答應嫁給我了、她答應嫁給我了——」

「你小聲一點啦！」

但他不僅沒有收斂，反而更加張揚地喊叫著，他說，他想讓整個世界都知道我答應嫁給他了，沒有辦法，我只能強行拉著他離開現場，帶著無法消退的興奮搭上了捷運。

卻沒想到，這輛列車的下一站會是我們的終點。

我甚至連喊叫聲都發不出來。

一陣踉蹌，接著是劇烈到讓人腦袋空白的疼痛，方才還捧在手裡的花束摔落在地，我什麼都來不及想，整個人無力地癱軟在地，唯一烙印在我眼底的，是那束花。

正被一雙雙鞋子踐踏而過。

那時候我才知道，不用等待花季過去，花一樣會凋謝的。

醒來的時候我還模模糊糊的，第一個念頭竟然是想著那束花，太可憐了，明明是那麼好看的花，應該要有人為它們難過的，但我的心卻空蕩蕩的，就算想給出一份難過也掏不出東西來。

一切像是假的，或者我極力期盼那是假的，但傷口的裂口反覆拉扯著現實，每個呼吸起伏都是疼痛，除了承受之外沒有其他辦法，任何一個掙扎都能讓潔白的紗布染上刺眼的紅色。

像那天被踩爛的玫瑰顏色。

一直到出院我都沒有哭。

反倒是媽媽和鄭凱寧在旁邊抱著痛哭了好幾次，張晉倫試著緩和氣氛卻總是火上澆油，來回了幾次，先受不了的是徐子諒，他索性將人都趕了出去，請了長假住進醫院照顧我。

猝不及防發生的事件掀起大浪，大大小小的餘波不斷，畢竟是一個人肆無忌憚地傷害陌生人，但這是非常後來我才知道的事，徐子諒替我阻卻了所有外界的紛擾，除了僅有的那幾個人，沒有人知道我也是新聞事件的累計數字之一。

他們絕口不提這場駭人的經歷，也沒有人說起陳凱文。

像沒入海中的石頭一樣，縱使激起了水花，卻因為浪太大而沒人注意到。

又或許是在場的所有人都假裝沒看見濺起的水花，忽視被水打溼的衣襬，等著時間將水氣蒸發殆盡。

我是想問的。

無論如何陳凱文總是曾經站在我身旁的人，過去的三年，又或者那殘酷的三十分鐘，然而每個人都別開頭，每個人都假裝他不存在，於是我找不到一扇能打開的門，結果到了最後我也成了緘口不語的其中一個人。

大概這樣算是一種分手吧。

很久以後，某個同事在日常閒聊中問起我前一段感情，結束多久了，怎麼結束的，我都只能以含糊的時間和理由帶過，卻忍不住想著，我們的愛情，究竟是在那一刀落下的瞬間被狠狠斬斷，又或者是在醫院的空白裡逐漸溶解？

我不知道。

很長一段時間裡我非常想得到答案，卻輾轉得知陳凱文出國留學了，前不久他還說著不願意離開這座城市，也不需要更多的學歷證明，但我明白了，這個曾經被他捨棄的選項，可能忽然成為了他的逃生梯。

將我拋在原地。

這已經是第二次了。

於是我就不再需要答案了。

然而他不僅沒有給我一個答案，還帶著我最不需要的對不起走到了我的面前。

我看著他，和記憶中相似卻又不同的臉，我甚至不能肯定他究竟是不是我所認識的陳凱文，又或許不是，說不定我從一開始就沒有真正認識過他，所以當真相被撕開之後，一切顯得太過難堪。

我忽然想起蘇啟懷說過的話。

——再怎麼善良正直的人都有黑暗面。

交往的那三年，他總是捧著盛開的花站在燦爛的日光底下，或許正因為如此，他轉身的影子才會分外幽黑。

「我知道妳不想見到我，我也知道自己很懦弱，所以才會花了那麼長的時間，才敢走到妳面前。」他目光複雜地望著我，「是我對不起妳，我也沒有資格希望妳原諒我，但是我記得妳說過，每一份感情都需要一個起點跟終點，我不只欠了一個道歉，還欠妳一個句點。」

句點。

我忽然有些恍惚。

會不會正是他遲遲沒給我一個句點，我才難以承接新的開始？

「昕雅，我希望妳能好好地往前走。」他說，「我比誰都希望妳得到幸福。」

幸福。

我頓時清醒了過來。

藏匿在深處的、被我刻意用厚重的土壤掩蓋的某些什麼，像被他翻挖出來一樣，當兇手握著刀劈砍而來的瞬間，他轉身逃了，和周旁的乘客一樣，為了活下來而奮力逃躲。

我能理解，人都是懦弱的，在死亡的恐懼面前我們更是微不足道，然而一份愛情不僅僅依靠理智，所以沒有一個人替他開脫，也輕易地認同了我對愛情的不信任；然而，他們內心深處卻認為這只是短暫的過渡，我總不能永遠作繭自縛，所以張晉倫三不五時安排聚餐讓我認識不同的男人，所以鄭凱寧設法替我製造不尋常的邂逅，告訴我必須勇敢一點去冒險。

「最不應該這麼對我說的就是你。」

我忍不住笑出聲來。

一陣黏膩冰涼的觸感滑過臉頰，原來，三年前的淚水還留在我的身體裡面，猝不及防地落了下來。

我沒有告訴任何一個人。

陳凱文並不單單是獨自逃走，在他轉身的那一刻，前一秒鐘還緊緊握住我的那隻手，說過要一輩子牢牢牽住我的那隻手，毫不留情地將我推向前，讓那一把銳利的刀狠狠地劃過我的身體。

我分不清那一刻噴濺的血是來自於身上或者心底。

甚至我抵抗不了即將再度落下的第二刀，卻有另一隻陌生、熱燙的手猛力將我扯過去，一個陌生男人將我拉到角落，脫下他的襯衫纏住我瘋狂冒血的傷口，我想看清楚一點，畫面卻越來越模糊。

——堅持一點，妳會沒事的。

——妳會沒事的。

最後我還是昏了過去，大概，我打從心底不相信那個男人說的話吧。

我這麼痛，血像不會停一樣的流，怎麼會沒事呢？

但徐子諒告訴我，如果沒有那個男人替我止血，我大概活不下來了。

所以，那個男人說了沒事，或許某一天就真的會痊癒了也說不定。

至少這一刻，我流著眼淚但心裡的傷已經不再滲血了。

「我改變不了曾經愛過你的事實，但我不恨你，因為你不值得，在捷運上你逃了一次，後來你又逃到美國，我沒想到你這樣自私懦弱，連逃離都做不好，可是這裡沒有你能回來的地方了。」

我抹去淚水，冷靜地看向他。

「一個人能夠留下，是因為某個人的心裡替他放著位置，無論是愛，或者是恨，但這些，都不屬於你。」

陳凱文沉默了很久。

但這次我不打算給他任何等待，也許三年前我一直等著他的句點，但這一刻我明白了，其實真正的句點應該是由我親手畫下的。

所以我轉身了。

把陳凱文留在過去的影子裡。

儘管，夜還是那樣漫長。

10

天又亮了。

日子其實沒有太大的不一樣。

剛拿到手的新案子，客戶難搞到讓人懷疑人生，但有了「案底」的我，連抱怨都沒有資格，甚至連失誤的空間也沒有，因為有個前輩虎視眈眈地準備在我背後貼上「能力不足只配領小案」的標籤。

事情翻篇的速度總是比所有人的想像更快，吸引我們關注的新事物太多，才過了幾天，那些不太重要的事已經不再被想起，例如我的案底根本是一個誣告，又例如已經被結案的蘇啟懷。

當然也不會有人記得我曾經有一個星期沒有黑眼圈。

「其實我在妳的飲料裡加安眠藥妳也不會發現對吧。」

「但我一醒來就會跟你絕交。」我有氣無力地瞥了張晉倫一眼，「那種絕交不只比你的蘋果派貴，大概比你整間店的料理加起來都還要貴。」

不然，以鄭凱寧的個性，她早就拿一根針筒往我的身上扎了。

但她握著筆的樣子總感覺跟拿著針筒很像，我默默將椅子往另一邊移了幾步，她按壓原子筆的聲音卻異常駭人。

「有些病人，明明有藥能醫卻堅持嘗試各種自然療法，忽然有一天，真的找到某個有效的方法了，卻又拿出各式各樣的藉口說那個方法不能用……」鄭凱寧冷哼了一聲，「自虐還浪費別人的擔心。」

無從反駁的我只能低頭喝飲料。

吞下去才發現是薄荷蜂蜜水。

有人說，當你真正想達成某件事，整個世界都會一起幫你，但事實上，當你想忘記某個人，整個世界都會聯合起來對抗你。

「徐昕雅，妳知道有個詞叫做『自我阻礙』嗎？」

「妳說在期末考前織毛線？」

「或是，在愛情前面挖洞把自己埋起來。」

自我阻礙，跟字面上的意思一樣，就是自己絆腳石自己當。

大學教授在解釋這個名詞時，舉了一個總是在期末考前織毛線的學長作為例子，我不知道最後學長期末考考得好不好，但他畢業後居然開起了編織教室，曾經為了送陳凱文一份手作的生日禮物，我還拉著鄭凱寧去上過幾次課。

但到了最後還是付錢請學長織了一條圍巾給我。

「人生總是有轉機的，妳忘了學長開了編織教室嗎？」

「那是因為他很早就知道期末考對他不是最重要的事。」

「愛情對我也不是。」

一口氣灌下薄荷蜂蜜水，我又抓起她的氣泡飲料喝了一大口，氣泡簡直像在嘴裡奔竄一樣，整個身體都瀰漫一種糟糕的感覺。

「再說了，我的面前沒有愛情，只有做不完的工作跟睡不著的覺，妳不要彩色隱形眼鏡戴久了，就用有色的眼光看整個世界。」

「沒有就沒有妳那麼激動做什麼？」

「因為我不希望有人被隨意地拖下水，妳希望我試著再談戀愛，我知道妳是為我好，但我真的沒有想要編織一份愛情，在這種狀況下，如果他真的因為妳或者我的一點嘗試，心裡激起了某些漣漪，就算只有一點點，都是在害他。」

「就算不是蘇啟懷，妳也應該往前跨出去了吧，去相親去聯誼或是註冊交友軟體都好，徐昕雅，我當然知道人生不只有愛情這件事，但妳不是不需要，是因為跌過一次所以不敢了，如果妳不克服，永遠都會被困在原地。」

一開始討論的不是我的睡眠問題嗎？

怎麼現在高度上升到愛情跟人生了呢？

假如她知道我曾經忍不住朝蘇啟懷伸出手，卻又勇氣不足地後退了一步，大概，她會立刻將我捆起來打包快遞到蘇啟懷面前。

但她舉著「為我好」的旗幟，我只能舉起雙手投降，並放軟語調。

「等我結束手邊的案子，再跟妳去聯誼。」

「呵呵，」她冷笑了兩聲，「妳這種承諾跟男人說『等我有空就陪妳』一樣空泛，等妳案子結束，說不定我男朋友都換了三個了。」

那是我的問題比較大還是她的問題比較大？

但現在最好不要激怒她，轉移話題最實在。

「也是，那不然……妳約我哥去聯誼吧，比起我，他更需要終結單身。」

「妳想害我嗎？妳乾脆叫張晉倫去掰彎他還比較有可能。」

「就算我是學長的腦殘粉但我還是喜歡女孩子，這點妳們很清楚。」

對一個有花心劈腿黑歷史的傢伙而言，在被劈腿的前女友面前說這些話還真是地獄。

張晉倫卻毫無所覺地規劃餐廳的新菜單，似乎非常適應地獄裡的生活。

「妳看，男人這麼不要臉妳還要我找個坑跳下去。」

「不是每個男人都像張晉倫。」

「是沒錯，看看妳收集的渣男圖鑑就知道，男人有各式各樣的渣，張晉倫充其量算是入門款。」

「至少有像妳哥那樣的好男人。」

「那是妳以為。」我刻意做出輕蔑的表情，「退一萬步來說，就當作他是好男人吧，但他人根本不在妳的戀愛市場裡。」

話題慢慢被扯遠了，生活裡的每一件事都是這樣的，總會被另一件事覆蓋上去，慢慢地就成為不再被提起也不被在意的事了。

有關蘇啟懷的一切大概也會是這樣，一個星期、一個月，或者更久一點，會有某一個瞬間，像開關鈕被切掉一樣，誰也不會再想起他了。

時間能夠風化一切。

如同曾經我以為再也不可能癒合的傷口，儘管速度非常緩慢，也還是一點一點的癒合了。

而我對蘇啟懷那短暫激起的捨不得，像是被風吹起的羽毛，也終究會慢慢落地，沉澱在心底深處。

我是這樣想的。

無論多麼劇烈的震盪在時間的凝望之下都會漸漸歸於平靜。

但、前提那需要有時間。

我沒料想到，不到一個星期，準確來說只隔了五天半，我又站在蘇啟懷的面前。

尷尬兩個字根本無法形容我的心情。

該怎麼說呢，就像突然接到一通緊急來電，另一端緊張地哭喊蘇啟懷出車禍了，我不顧老闆的死亡凝視，硬是提前結束會議，接著逼迫計程車司機飆速趕到醫院，最後我用跑百米的姿態衝進急診室，抵達的瞬間卻發現蘇啟懷其實只是膝蓋破皮。

而打電話給我的那個人，還無辜地對我眨了兩下眼。

我湊近小黛身邊，咬著牙低聲問她：

「妳不是說蘇啟懷發高燒快要撐不住了嗎？」

「愛情就是一種發燒，我是未雨綢繆。」小黛將我扯到一旁，讓我能更清楚地看見蘇啟懷身旁的女人。「那個是啟懷哥的前女友，前、女、友，妳懂吧，比細菌更毒的病原體。」

前女友。

這三個字猝不及防地砸在我的頭上。

半個小時前，小黛打電話告訴我蘇啟懷發著高燒卻硬撐著要完成工作，她臨時有事必須離開，卻又放心不下蘇啟懷，希望我能到店裡幫忙，我匆忙趕來，第一次沒有在門口徘徊急切地推開門，卻迎上一雙詫異的雙眼。

但我來不及追問，另一道身影走了過來，並且站在蘇啟懷的身邊，彷彿河的兩端，我在這裡，而他們，在那裡。

他們。

這兩個字讓我心情糟糕得不得了。

某些時刻，人越想遠離愛情，反而會被更用力地扯進愛情的漩渦裡頭。

「前女友來找他，叫我來有什麼用？」我甩了甩頭，「不對，是叫我來做什麼？蘇啟懷要跟前女友怎麼樣，都跟我沒有關係。」

「我也不想妳跟啟懷哥有關係啦，畢竟妳超可疑的，但就算妳是跟蹤狂，也比那個狠心的女人好。」

「……妳確定妳不是在偷罵我嗎？」

「那不是現在的重點啦。」小黛拉住我上下打量，有些嫌棄地扯下我的髮圈，伸手弄鬆我的頭髮。「就算贏不了也不能輸太多。」

「妳到底要攻擊我幾次？」

「就說了那不是重點，保護啟懷哥才是正事。」

「他有什麼需要保護的……兩個人不是有說有笑的嗎？」

「就是有說有笑才要提高警覺，誰知道那女的突然跑來想做什麼。」

小黛忿忿地瞪著站在蘇啟懷身側的女人，順著小黛的視線望去，女人正將燙得堪稱完美的長捲髮撩到耳後，漫不經心的舉動散發著難以忽視的魅力，無論從哪個角度來看，都沒辦法否認女人的吸引力。

蘇啟懷是個意志非常堅定的人，女人的魅力或許發揮不了太大的作用，而一個人成為前女友也總是有原因，舊情重燃也必須先找到火種，即便他和她狀若親近地談笑，我也依然認為不過是小黛個人的偏頗。

我不想被無故推上鬧劇的舞台，準備脫身，卻聽到小黛說，漂流是他和她一起構想的存在。

「……當初啟懷哥也是在前五百大工作的菁英，但趙嵐一直想創業，說創業才是趨勢，才能讓未來有更多的選擇，後來啟懷哥辭職了，把所有心力都投注在漂流上，那時候連漂流木找誰買都還沒著落，趙嵐居然說她要出國了，說是她夢想的公司和職位，萬一錯過她一定會後悔一輩子，所以她就拋下啟懷哥走了……」

小黛氣憤難耐，扯著我的手越來越用力。

我拉了幾下拉不開，就隨便她了。

「說什麼鬼話啊，說要創業的是她，說不去國外公司工作會後悔的也是她，根本把人耍得團團轉，現在啟懷哥把漂流做起來了，就又靠過來了，我管他什麼感情別人不應該插手，我不只要插手連腳都要放進去！」

忽然，小黛猛力抓住我的肩膀，無比認真地看著我。

「妳看趙嵐渾身散發想吃回頭草的氣場，妳一定要守住啟懷哥，絕對不能讓她得逞，而且這種女的最喜歡自作多情，說不定會把啟懷哥還單身解讀成對她念念不忘，所以唯一的辦法就是，斷了她所有的路，等一下就告訴她妳是啟懷哥的女朋友。」

「妳怎麼知道蘇啟懷沒對人家念念不忘？」

我的聲音有些含糊不清，斂下眼，不知為何我的心口有些酸澀。

但我卻聽見小黛嗤笑一聲。

「啟懷哥心很軟，連討厭的人都能伸手幫忙，但他的心也很硬，一旦割捨了，就不會再收回了。」

來不及追究我是不是被歸類在「連討厭的人都能伸手幫忙」的範疇，先想到的卻是我那一晚的拒絕，是不是也已經被擺進了割捨的類別？

我不敢追問答案。

「那妳為什麼不直接假裝是他女朋友？」

「不是的事情他就會直接說不是，但妳是被我拖來的，為了妳的面子，啟懷哥第一時間不會反駁的。」她不負責任地笑了笑，「至於後面，就再說吧。」

完全不顧後果。

真是個活在當下的孩子呢。

「那為什麼找我？」

「妳問題很多耶，工作室有妳的名片啊，雖然妳很可疑，但沒有其他選擇了啦。」

看來，她不僅活在當下，還是個非常坦率的孩子呢。

「妳——」

我還想說些什麼，下一瞬間就感受到一股強大的推力，我踉蹌了兩步，好不容易穩住腳步，抬頭卻迎上蘇啟懷和趙嵐的視線。

我們總是想做好萬全的準備再往前一步，但很多時候，事情的發生從來不會理會我們準備了多少。

「啟懷哥你女朋友來找你了！」

蘇啟懷看著我。

我看了他一眼又望向他身旁的趙嵐。

大概，沒有人會停下腳步等我的，我在原地繞著圈圈，躊躇著是不是要往前走，身旁的人也扯住我的手拚命往前拉，我卻一次又一次地說著，等我準備好，我還沒準備好。

但每個人都在往前走。

而我只會留下更多的遺憾和錯過。

和陳凱文的愛情，一次的錯誤就讓我墜入深谷，我不知道我還有沒有勇氣再冒險一次。

我不知道。

甚至我已經往後退了一步，是啊，明明我已經後退了，但我的回答卻不受控制拋出。

「上午的會提早結束了，所以來找你一起吃午餐。」

蘇啟懷又看了我一眼。

他的表情有些無可奈何，唇畔卻泛著一抹淺淺的笑容。

「好。」

好。他說。他又給了我一次咒語。

「我會把午餐時間留給妳。」

最後我們點了外送。

打開軟體頁面的三家餐廳，選了排在第三順位的餐點，送來什麼都好，我想最後大概都是味如嚼蠟。

我和蘇啟懷面對面坐在工作桌的兩端。

沒事，至少我這邊還有小黛，二比一總是比較有勝算的，況且小黛才是始作俑者，我充其量只能算得上共犯，還是被拖下水的那種共犯。

然而現實是殘酷的，身旁的人往往也都是無情的。

小黛拎了她的午餐一眨眼就溜了，跟搶走我的案子還跟我討要筆記的前輩一樣，我任何的抗辯都會讓自己罪加一等。

「不用擔心，啟懷哥人很好的，別怕。」

那妳為什麼還要跑？

妳這樣說我更怕了好不好。

「我沒想到妳會來。」

我也沒想到。

但我的思緒快速轉了好幾圈，打了好幾個結還是找不到合適的回答，而當一個問題沒有好的答案，最好的回答就是不回答。

「先吃飯吧，涼了就不好吃了。」

「妳點的是涼麵。」

老天是不是很討厭我？

我尷尬地把涼麵推到蘇啟懷面前，忽視他臉上不遮掩的笑意，忿忿地把吸管插進杯子，準備狠狠喝上一口飲料之際，蘇啟懷制止了我的動作。

熱燙的手握住我的。

「這是紅茶。」

說完他就鬆手了。

我差點拿不穩飲料杯。

他記得我不喝有咖啡因的飲料。蘇啟懷總是喜歡在不經意的地方，猝不及防地給人重重一擊。

回過神來，眼前就多了一杯溫熱的蜂蜜薄荷水。

「我知道是小黛叫妳來的，一遇到趙嵐的事，她就跟遇到熊一樣。」

「……前女友比熊更可怕。」

「妳說什麼？」

「沒有。」我捧著玻璃杯喝了一口茶，低頭假意研究一旁的餐具。「聽說，漂流是你跟前女友一起創立的？」

「不是，應該說是，大學時期我就有這個想法，但我不是一個擅長冒險的人，畢業之後還是進了一般公司工作，不過能夠建立漂流確實要感謝趙嵐，她算是推了我一把的人。」

「既然如此，為什麼要分手？我是說她這麼支持你的夢想……聽小黛說她後來去國外工作，遠距離雖然辛苦了一點，但一般來說，多少還是會嘗試一下吧。」

「一個人的心力是有限的，即便只是一件小事也需要佔去時間跟力氣，何況愛情不是一件小事，對她來說，她只是選擇把所有的力氣都集中在工作上吧。」

蘇啟懷輕描淡寫地說著，但其實那是很殘忍的一件事吧。

工作，和愛情，或者該說是他，被對方擺上天秤衡量，但落地卻不是他。

「那你、就這樣乾脆地放手了嗎？」

「她出國那天我有追去。」抬起頭我詫異地望向他，見狀他似笑非笑地問我：「很意外嗎？」

「……也不是。」

我只是有點，不想聽見他曾經對某段感情付出了多少，但誰不是曾經在某段感情裡奮力地愛過呢。

「不過，途中遇到了一點意外，最後連機場都沒去成……後來想想說不定是件好事，我很清楚就算追到人也改變不了什麼，趙嵐是很果斷的一個人，比我認識的任何人都還要果斷，我之所以想做最後的挽留，其實是為了安慰自己已經盡了最大的努力。」

他輕輕嘆息，又或者只是我的錯覺，畢竟他的臉上始終掛著溫文的微笑。

「但如果，我真的足夠努力的話，趙嵐應該也不會這麼果斷地放棄我們的愛情吧。」

我忽然能理解小黛討厭趙嵐的心情。

這一刻，我也開始討厭起趙嵐了。

「愛情是兩個人的事。」我的聲音忍不住大了一點，彷彿這樣就能打散籠罩在他周旁的霧氣一樣。「就算其中一個人再怎麼努力，也不可能獨自填滿所有的缺口，你不是也說過嗎，能衝過終點線的馬拉松選手只有一個，但其他人一樣很努力。」

我低下頭，語調稍微放緩了一些。

「愛情大概也是吧，大多數的愛情都走不到最後，這也不能說那之中的每一個人都不夠努力吧。」

蘇啟懷安靜望向我，又忽而別開眼，視線落在某個不確定的點。

我不喜歡他此刻的表情。

「或許，在愛情裡有些人不得不被留在原地，但那一定是有理由的。」

「一個人被留下會是什麼理由？」

我腦袋一熱，沒多想就脫口而出——

「大概，是為了遇上另一個走得特別慢的人。」

兩個人的關係，偶爾只需要一句話就會讓質地產生劇烈改變。

蘇啟懷深邃的目光讓人心慌，不大的工作室內只有我和他兩個人，縱使是最遠的對角線，也只需要幾個跨步就能走到對方身邊，更何況他就坐在只要伸手就能觸碰到的對面。

這大概也屬於事件之後的後遺症，到了任何一個地方，我首先會找出最佳的逃生路徑，但顯然，我能逃脫的機率有點小，畢竟唯一的出口就在他身後。

既然逃不了，就只能低頭吃涼麵。

「多吃一點才能走快一點。」

差一點我就要把麵噴出來了，但良好的家教迫使我拚命把麵吞下去，我忍不住捶著胸口，卻不敢看險些害我噎死的罪魁禍首。

「妳知道我第一次看見漂流木是什麼狀況嗎？」

「……什麼？」

什麼都好，不要繼續討論走路速度最好。

「大二暑假我被朋友拉去他老家幫忙，他帶我到一個漁港，告訴我，他爺爺的漁船就停在那裡，每次颱風小小的漁港都會堆滿垃圾和漂流木，在他眼裡，漂流木跟那些垃圾是一樣的，但另一邊卻有一個大叔，像對待寶物一樣撿著漂流木……那時候我突然想，那個大叔手裡的漂流木一定感到很幸福吧。」

「你怎麼知道他不是要撿回家生火？」

蘇啟懷瞄了我一眼。

好，我閉嘴，看來我也是不會好好聊天的傢伙。

「能夠成為某個人的柴火，也是一種幸福，不是嗎？」

「你看起來不像這麼正向的人……」

他忽然笑了。

這次的不合時宜卻讓氣氛整個輕鬆了起來。

「上次聽見這段話的人說，這是一種卑微，不過妳說是正向，仔細想想也是對的。」

是趙嵐吧。

我忍不住翻了白眼。

「人生勝利組不會明白這種消極的幸福感啦，如果可以，哪一棵樹想變成漂流木？不管是樹或是人都一樣，很多時候都被迫承受預期之外的磨難，又落到一個糟糕的境地，比起成為垃圾，能在最後成為一道熾熱的火焰，這還不夠積極嗎？」

「妳好像比我更適合代表漂流去演講，」他頓了一下，我有種不祥的預感。「當講師就不會打瞌睡了。」

「不要翻舊帳好好聊天不行嗎？」

「每個人都有過去，不管是好的或者是壞的。」他認真地看著我，神情卻太過溫柔。「當我們能夠輕鬆提起的時候，就不會再被困在裡面了。」

他說。

「所以我一直相信，我們要學會的不是忘記，而是帶著那些印記，成為一個更好的自己。說不定因為這樣，我也才能遇見一個，對我而言更好的人。」

我簡直是落荒而逃。

推開漂流店門的手不受控制地顫抖，大抵是我的神情太過驚慌，還把準備回店裡值班的小黛嚇得直接請假逃跑。

心跳好快。

整個身體都在發燙。

灌了兩大杯冰水才稍微冷靜下來，但蘇啟懷的存在簡直無所不在，房間太過安靜轉開了廣播，想的卻是主持人聲音沒有蘇啟懷好聽，想沖澡鎮靜思緒，卻赫然發現懷裡抱著的是他曾經用過的浴巾……

我敢不敢冒險是一回事，他本人誘不誘惑又是另一回事。

慌張地把浴巾扔進洗衣籃，後知後覺地想起來我早就把浴巾洗乾淨了，但我又想，染上他氣味的浴巾和我的衣服一起在洗衣機裡翻攪，那麼浴巾是洗乾淨了，我的衣服到底算不算沾附了他的味道？

不只衣服，還有他坐過的沙發，他待過的位置，他用過的馬克杯，早上我才拿來喝牛奶……

不行，這樣下去我的腦袋會爆炸。

於是我只能在充斥著蘇啟懷存在感的狹小房間內，想盡辦法保全自己即將爆炸的小腦袋，我不明白，他不過待了短暫的二、三十分鐘，為什麼整個房間幾乎就成了他的領地？

然而我還沒想明白，也還沒找到冷靜下來的辦法，就被鄭凱寧以不容抗拒的姿態強行帶往一間燈光昏暗的義式餐廳。

我措手不及地被扔進一場聯誼裡。

「要等到妳有空不知道會浪費我多少青春，何況，一個人有沒有空的判斷基準不是時間也不是空間，而是對方在妳心裡的優先順序。」她說，「既然妳不來，那我就走到妳面前、抓住妳，這樣妳就無所謂有沒有空了。」

她的行動力和魄力總是超出我預期。

我佯裝不在意，再搭配適當的不耐表情，小口啜飲著帶有水蜜桃氣味的開水，掩飾她的話語帶給我的動搖。

——一個人有沒有空的判斷基準不是時間也不是空間，而是對方在妳心裡的優先順序。

例如我頂著老闆的死亡凝視逼迫他提早結束會議趕到漂流，我甚至沒讓小黛多等我幾分鐘，聽到他發高燒隨時可能倒下，我幾乎是立刻起身準備離開會議室。

我想，某些什麼已經不是我願不願意承認的事情了。

「……妳再拉我參加一百場聯誼也沒有用。」

「多少還是有用的，至少有妳在能更襯托出我的魅力。」

「絕交吧。」

「喔。」她敷衍地點了兩下頭，注意力全用在勾引右前方的男人上。「原來我們和好了喔。」

我也忘了。

但反正她踢水進海之後我跟她絕交過一次。

如同張晉倫說的，我的絕交在他們手裡連一塊蘋果派都買不起。

真傷心。

正當我沉浸在自己的絕交不斷貶值的唏噓之中，一道帶有試探的聲音喊了我好幾聲。

「……妳認識陳凱文吧？」

我抬起頭，忍不住皺起眉，儘管他用的字句相當委婉，但神情和語氣卻毫無修飾，潛藏的意涵大抵是「我知道妳是他的前女友」；我並不想以陳凱文作為話題的起點或者中心，只是點了頭，但我的冷淡似乎沒有傳遞到對方手裡。

「我記得他說過要跟妳求婚，那時候他才剛念完研究所吧，我身邊沒幾個這麼早想結婚的，所以印象很深刻，但後來……」他稍稍停頓，態度卻有些窮追猛打。「你們是怎麼分手的？我不是想刺探妳的隱私，但聯誼嘛，有些事情總是想問清楚一點。」

「他出國了，後來就自然分手了。」

「不是吧……聽說他曾經喝醉酒大鬧，說希望妳能原諒他……」他的語氣越來越尖銳，「那陣子陳凱文的狀態很慘，在國外也過得不好，我們圈子的人都知道。」

他話說到這裡我再蠢也聽明白了，他不是刺探，也不是那類想藉由貶低異性來提升自我價值的人，而是想替陳凱文出一口氣。

陳凱文是個非常開朗熱情的人，他的朋友總能出現在各種我意料不到的地方，我卻沒想到，隔了那麼多年，他的朋友依然能以如此意料之外的方式出現在我面前。

「所以，你想知道什麼？」

「至少要弄清楚你們分手的理由吧，都到論及婚嫁的地步了，誰也不想掏心掏肺之後，變成第二個陳凱文吧。」

他字句在熱烈的聯誼餐桌上顯得尖銳突兀，不知何時換了位置的鄭凱寧一個箭步走到他的面前，拿起水杯直接潑了他一臉水。

「果然是物以類聚，陳凱文的朋友也都這麼噁心，好好的一場聯誼都被浪費了。」

「我只是問她跟前男友怎麼分手，妳激動什麼?不就證明有鬼。」

氣氛直轉直下，飄散在空氣中的曖昧蕩然無存，鄭凱寧和男人一站一坐地對峙，兩人成為餐廳眾人的焦點。

她其實不是這麼火爆也不是衝動的人，我很清楚，她不過是利用誇張的反應轉移眾人對我的關注。

有些人，從來不會高舉著「我在保護你」的旗幟，卻堅定用自己的全部替對方遮風擋雨，絲毫不顧自己的肌膚被風颳傷，也不在乎精緻的妝容被大雨弄糊，甚至不惜捨去她費心經營的形象。

男人開始用言語羞辱她，她不甘示弱地回嘴，來回的內容已經全然跟我無關了。

我突然有點難過。

身邊的每個人都努力地保護著我，因為我不夠勇敢，因為我還低頭舔舐著自己的傷，因為我逃躲著過去，於是他們不得不概括承受屬於我的過去，背負那些不應該落在他們身上的傷害。

曾經我以為只要自己不看向過去的影子，就不會被黑洞吞噬，但如同蘇起懷所說的，無論我如何拚命遮掩那段過去，卻無法阻止任何一個人試圖掀開那道傷疤。

那些懷抱惡意的人總是肆無忌憚，而我，卻讓愛我的人無法反擊，他們人生的某部分也被迫藏匿在陰影之中。

——我們要學會的不是忘記，而是帶著那些印記，成為一個更好的自己。

我不知道自己能不能成為更好的自己，但至少，無論如何我都不希望愛我的人再多受一道傷。

過去從來就不會放過我們，但我可以、也只有我可以放過自己。

我站起身，將鄭凱寧拉到我的身後，我的手緊緊握著她的。

「我跟前男友怎麼分手都跟你沒有關係，大概你也只是想替朋友討公道，給你一個忠告，你最好先回去問問他需不需要。」

我也拿起一個水杯潑了他一臉水。

「你罵了我朋友，還你的，順便告訴陳凱文，如果他還敢來找我，我就敢把當年的事全部掀開。」

沒想到先被掀開的是我。

我在眾人的注視之下拉著鄭凱寧的手大步離開餐廳，帥氣不到三秒，她就甩開我的手反手揪住我的衣領，一臉兇惡地瞪著我。

「陳凱文什麼時候去找妳的？他跟妳說了什麼？妳為什麼沒說？妳還有

什麼沒告訴我的？」

沒告訴妳的事情多著呢。

尤其是蘇啟懷。

我的視線偷偷轉了一圈，四周都是暗巷，論武力值我又遠低於她，再說，逃得了今天躲不了明天，最好的辦法就是不要讓她知道。

但陳凱文的事顯然瞞不住了。

「前陣子，他大概想道歉吧，但我把他趕走了，沒仔細聽他說什麼。」

「對，一個字都不要多聽，那種人就算跪下來道歉也是為了讓自己好過，下次他再來找妳，妳就打電話給我，那時候我沒揍他一頓，現在補也可以。」

「要不要我約他出來讓妳打一頓？」

她愣了一下，捏了捏我的臉頰，神情像在確認什麼一樣。

忽然她笑了出來。

「好啊，我明天先去報名拳擊課。」

「像他那種中看不中用的男人，說不定妳一拳他就倒了。」我想了一下，

「但也沒差，妳可以立刻幫他急救。」

「這麼差的男人妳當初怎麼看上的啊？」

「有時候愛情就會讓人白內障，至少我還能說是被愛沖昏頭，不像某人，失戀的時候哭著說『為什麼我就遇不到陳凱文那樣的男人』……」

「徐昕雅，妳等著，等我上完拳擊課先用妳來練拳。」

「先不用。」

我和鄭凱寧緩步走在熱鬧的街道上，纏繞在心底的結彷彿隨著步伐慢慢鬆開，曾經壓得我喘不過氣的過去並沒有消失，此刻我卻無比輕鬆，隔了那麼多年才能好好將新鮮空氣吸進體內，我才終於知道，原來，我以為空氣稀薄其實是我只敢偷偷地呼吸。

自從在醫院醒來之後，就沒人提過陳凱文，但人生的某部分，甚至他們人生的某部分，陳凱文都是無法切割的，閉口不提或許避開了疼痛的傷口，代價卻是失去的一部分的人生。

但其實沒什麼不能提起的。

那終究是我度過的青春年少。

那終究是我曾經的愛過。

「不過，遇見陳凱文也不是沒有好事。」

「也是啦，我交往過的渣男多少都有幾個優點啦。」她翻了個白眼，「但在我罵了他十分鐘之後說這種話，讓人很想潑妳幾杯綠茶。」

「我又不是說他。」

「不然是什麼？」

「因為有你們陪在我身邊，不管是妳、張晉倫，還是我哥，都是我能遇上的，最好的事了。」

她突然停下腳步。

晚了幾步我才跟著停下，轉身看向她。

她的神情非常認真。

「徐昕雅，妳下次不要再說這種話了。」

——妳不用發生那些事我們也會對妳好。

鄭凱寧漂亮的唇動了動，卻沒能說出話來，她頓了幾秒，忽然把手裡的包包砸向我，用著非常嫌棄的語氣。

「妳不要以為這樣我就放過妳，我跟那男的都準備要約下一次見面了，妳要還我十次聯誼。」

「還要十次？」我瞄了鄭凱寧一眼，「妳的行情跌得比我想像的慘耶。」

在她反應過來之前我先一步拔腿狂奔，晚了幾步她甩著包包追了上來，一邊叫喊著要讓我好看。

我們不顧旁人在街上奔跑追逐著，就像年少的我們從不在意別人的目光，是啊，我是那個事件的受害者又怎麼樣呢？愛我的人還是在，而不愛我的人，不值得耗去我的任何一點感情。

愛我的人始終都在，不愛我的人，不值得耗去我的感情。

那麼，我愛的人呢？

我甩了甩頭，不對，什麼愛不愛的，進展未免太快了……不應該說是進展，簡直像事態一定會往那個方向前進一樣，但連細瑣的措辭都引來強烈反應，更像欲蓋彌彰一樣……

「果然是妳，差一點我就報警了。」

這什麼嫌棄的語氣？

我抬起頭，迎上的是小黛那張比語氣更加嫌棄的臉。

「妳為什麼在這裡？」

「現在是流行把問題搶走就不用回答了嗎？妳戴著帽T帽子，在店門口徘徊快半小時，可疑爆了好不好。」

我當然知道自己很可疑。

起初只是想透過櫥窗看上幾眼，有些答案太過虛無飄渺，說不定見到了問題的核心就能得到實感，一切也就能夠落地；然而現實總是殘忍的，我每靠近一步，就好像有哪個人在我腳上掛上一塊砝碼，於是路越走越長，但無論路途如何漫長，終究是抵達了。

接下來我就開啟第二輪的躊躇不定，說服自己「我只是路過來看看餐具」，只是一次次的解釋並沒有安定我的內心，反而更加膨脹了我的搖擺。我不是一個膽小的人，過往的戀愛也總是勇往直前，喜歡就該大步往前啊，萬一錯過了，辜負的其實是自己珍貴的感情，只是人停滯了那樣長的一段時日，再勇敢的人也都會猶疑。

不對，說得好像我準備要追他一樣。

「我只是來挑禮物的。」

「寫文案不是跟搞創意一樣嗎？妳上次來也用一樣的理由，可以換別的藉口嗎？」小黛的表情忽然一變，揚起相當可愛的微笑。「或者妳買幾個餐盤回去，妳就從可疑的人升級成可疑的客人了。」

「我才不可疑。」

小黛冷笑了兩聲，沒有接話的意思，她推開門轉身就走進店內，我遲疑了幾秒，反正門都開了，我抬起腳步跟著踏進店內。

店內沒有他的身影。

「啟懷哥去跟平台開會了，上午不會回來，一般客人也不可能從上午逛到下午吧，除非——」

除非什麼？

小黛的臉上擺明寫著「有陰謀」。

只是，有些時候，我們再如何知道對方不懷好意，又或者對方就當著我們的面挖了一個陷阱，卻因為路的盡頭有那個人，不得不咬牙往前走去。

「上次妳利用我讓蘇啟懷前女友誤會他有交往對象，這次又想做什麼？」

「那是為了啟懷哥又不是為了我。」小黛忽然瞪了我一眼，「說到這個我就不爽，妳贏不了那女人就算了，反而激起她的勝負欲，這陣子老是陰魂不散……她一定想著『啟懷怎麼可以跟這麼普通的女人在一起呢，一定是我給他的傷害太大，他只敢跟普通的女人交往』……」

普通又怎麼樣了？

路上百分之九十的女人都很普通好不好！

然而跟各種客戶交手多年，我深諳對話的節奏必須自己掌握，一旦順著對方的話頭，討論到最後大概會從一隻兔子變成一輛飛行船。

「我再普通也不是她插足別人愛情的理由，做錯的人是她，我沒必要背負責任，何況我根本不是蘇啟懷女朋友。」

「別說女朋友了，妳先想辦法推開漂流的門吧。」

「妳再不說妳要做什麼，我就回去了。」

「隨便妳，反正妳走了還是會再回來。」

她揚起貓一般的笑容，手上卻彷彿搖著逗貓棒。

「我能給妳一個理直氣壯推開店門的理由。」

很多時候我們缺的就只是一個理由。

一個能稍微掩飾內心的理由。

「但怎麼感覺這麼不爽呢？」

拿著掃把我有一搭沒一搭地掃著地，被擦得晶亮的櫥窗倒映著我穿著襯衫和圍裙的身影，小黛給我的理由果然十分理直氣壯，別說推開店門，我連店的鑰匙都拿到了。

因為我成了漂流的臨時店員。

無薪。

不能這麼說，正確來說是，我的勞動有酬，但領走的是小黛。

「白白把位置讓給妳對我太吃虧了，妳應該這麼想，打工的薪水本來就是我該領的，妳代班的酬勞是啟懷哥。」

小黛脫下身上的圍裙塞給我，想了想，又挑剔地表示我穿的帽T會破壞漂流形象，跑到工作室翻找出一件白襯衫催促我換上。

離開前她忽然轉頭對我說：

「襯衫是啟懷哥的，不准偷回家。」

誰要偷回家了？

但我忍不住扯高衣領，偷偷嗅聞著是不是殘留屬於他的味道，忽然我又想起擺在衣櫃深處的那條浴巾，明明已經洗得乾乾淨淨，而他不過也只是披蓋在身上短短的幾分鐘，卻沾染了滿滿的他的氣息，逼得我不得不換了一條新浴巾。

「徐小姐？」

一道突如其來的聲音，讓我嚇到掃把都握不住，啪地一聲，我心臟漏了好幾拍，無比慶幸沒有波及架上的商品。

我一抬頭，蘇啟懷就站在距離我一步之遙的前方。

心跳得好快。

所謂的吊橋效應，是人會將某些因環境狀況導致的生理變化，歸因到對某個人的情感反應，通常是愛情。

我想，我此刻的慌亂絕對是因為害怕掃把打壞商品的餘波。

「妳怎麼……？」

「小黛好像有什麼活動要參加，拜託我代班。」

「妳跟小黛好像關係很好。」

「沒有，一點也不好。」

他笑了。

不合時宜卻又讓人移不開眼。

或許我走了那麼長的一段路，等待的也不過是他的一個淺笑。

蘇啟懷什麼也沒做，他只是站在我的面前，我卻忽然得到了答案。

其實本來就掩飾不了，我的心慌，對他的在意，因他而起的掙扎與動搖，在在都指向某個答案，然而無論答案有多明顯，重要的不是被哪個人發現，是我自己願意承認。

並且承接。

我喜歡這個男人。

或許比喜歡更多一點。

「蘇啟懷。」

「嗯？」

「不要叫我徐小姐。」

「也是。」他彎下身，替我撿起地上的掃把。「畢竟妳現在是我的員工，妳可以喊我老闆，或是店長。」

等等，劇情的展開不太對勁吧？

但他說的每一個字又確實讓人無法反駁。

「徐昕雅。」

忽然，他富有磁性的嗓音緩慢而堅定地喊著我的名字，我有一瞬間的怔忪，愣愣地望著他。

他把掃把放進我的掌心，連同他的溫度也一起被送往我的手中。

蘇啟懷又笑了。

「工作室記得也要掃，沒掃完不能下班。」

掃地！

我掃了兩遍又索性拖了一次地，但無論我動靜多大，蘇啟懷依然全神貫注在他的工作上，連一個視線都沒給我。

彷彿我真的就只是來打工的。

「……不對，那我是來做什麼的？」

來確認我要給自己什麼答案。

然而起初的題目似乎太過簡單，一見到就迅速交了卷，但我還在這裡，最終目的也需要隨之調整。

例如，稍微拉近一點距離。

首先從物理性的距離開始做起。

於是我來來回回經過他身邊，左側、右側，以他為中心的地板乾淨得幾乎要發亮，但他配合地抬了幾十次的腳，視線卻毫不動搖。

大概是高度不對，我決定改變策略，抓了條抹布擦起桌子，但桌子都快被擦破了，他依然視我為無物。

人一旦貼上老闆的標籤就會這麼高傲冷漠嗎？

「慣老闆！」

我動作一頓，說到慣老闆，誰能比我這個任勞任怨的社畜還了解這種生物呢，他們的喜怒難以捉摸，卻有一個共通的內建準則——

員工做得好是應該的，做不好就有如死罪。

更別說群體裡的劣等生往往比奉公守法的好學生得到更多關注，於是我把抹布一甩，乾脆地搬了張椅子，光明正大地坐在櫃檯邊偷懶。

果然，三秒後他就蹙眉望向我。

「事情都做完了？」

「在你們這些老闆眼裡事情哪有做完的時候，我累了，代班做到這種程度很有誠意了。」

他意味不明地點了點頭。

注意力又擺回手邊的工作。

「那妳坐著吧。」

不是，這男人為什麼老是不按牌理出牌？

社畜最悲哀的特點就是，當老闆要我們休息，我們連坐著都會戰戰兢兢，撐不到五分鐘，我無奈地站起來，瞪了蘇啟懷一眼，開始沒事找事做。

我整理起櫃檯，把隨意擺在盒子裡的名片一張張塞進名片簿，卻不期然看見一個預期外的名字：趙嵐。

「你前女友還需要給你名片喔。」

「是小黛要的，她說這樣趙嵐就是客人。」

「想要劃清界線靠一張名片沒什麼用吧，我的名片還不是在裡面，但現在我在看店。」

連店的鑰匙都塞給我了。

「拿起來了。」

「什麼東西拿起來了？」

「妳的名片。」

我愣了三秒才反應過來，猛然抬頭，但蘇啟懷依然敲打著筆電，彷彿只是隨口回應。

「既然我跟小黛都把妳的電話存下來了，名片就不需要了。」

訊息量有點大。

雖然我搞不懂電話存下來跟要不要保留名片關聯在哪，但反正那也不是我關注的焦點。

「案子都結束了，你把我的電話存下來做什麼？」

「如果哪天妳又需要有人唸故事了，我會接起電話的。」

我再度落荒而逃。

似乎我沒有一次是以正常狀態離開漂流的。

什麼吊橋效應，蘇啟懷本人就是一座吊橋！

我走了很長一段路，心跳逐漸趨於平緩，但情緒卻遲遲無法冷靜，對於某些人，因為我們懷抱著期盼，於是任何一點風吹草動，都足以掀起我們內心的風浪。

他也許只是出於善意，如同他第一次為我唸書，在我睡去之後他足足唸了兩個多小時的故事，但我卻忍不住想得太多，想著他在最後說的那聲晚安。

蘇啟懷一個無意的舉動都能打亂我的步調。

不行，掌控節奏才能握有主導權，再難搞的客戶我都能搞定，沒道理一個蘇啟懷我敵不過。

「看來要拿出秘密武器了……」

我的秘密武器還是一根掃把。

但同樣是掃把，在不同場域就會被賦予截然不同的意義，例如掃著漂流的地板，揚起的不是灰塵而是我的心煩意亂，又例如掃著徐子諒房間的地板，除去的不是髒汙而是我的躁動。

平復心情最好的方法就是到徐子諒住處大掃除。

於是我再度戴起帽子準備潛入房間……等等，沒有帽子，我身上穿得還是蘇啟懷的襯衫！

我匆忙翻找出包包裡的帽T直接套上，彷彿一種隱喻，藏匿在我的衣服底下的是屬於他的存在。

「我一定是被張晉倫汙染了。」

所有的多愁善感，所有的文青喟嘆，都是張晉倫的鍋。

我抓著掃把溜進徐子諒房間，他是個愛乾淨的人，連角落都掃不出什麼灰塵，但我的掃除大多時候是種儀式感，畢竟我打死都不願意承認有他在我就能夠安心，也做不出抱著哥哥棉被汲取安全感這種變態作為。

掃著掃著，我的心也就慢慢安定了。

無論在高空有多麼膽顫心驚，一旦安全降落，被壓抑的不安分又會開始猖狂，視線轉了一圈，我的目標鎖定了擱置在一旁的筆電。

「裡面說不定有蘇啟懷演講的錄音檔……」

當初真不應該刪除的。

因為恨不得立刻抹滅聽講座睡到不省人事這件黑歷史，錄音檔一傳給徐子諒我就將檔案刪得乾乾淨淨，沒想到繞了一圈，曾經極力想抹去的，居然成為想要小心珍藏的存在。

發生過的事未曾有所改變，變的總是人心。

我打開筆電，徐子諒的密碼一向非常敷衍，不是我的生日就是我的電話號碼，他不想要我觸碰的，我連找都不會找到，總之我很快就找到錄音檔。

蘇啟懷的聲音流洩而出，溢滿整個房間。

抱著掃把安靜地聽著他的聲音，緩慢而清晰，彷彿那些他喃唸睡前故事的夜裡，讓人安心，卻又躁動。

我依然不明白為什麼他的聲音能讓我安然入睡，卻比誰都清楚他的聲音為什麼讓我躁動。

「妳又做了什麼蠢事嗎？」

「你才蠢，你全家都蠢。」

不對，這樣好像罵到我自己了。

瞪了徐子諒一眼，縱使錄音還在播放，但再顯而易見的事情他都不會追問，他總是等著我做好準備。

為了照顧遭遇事件的我，他甚至放棄了升職的機會，只為了留在這座城市。

困在過去的我，不僅僅絆住自己，還綁住了徐子諒。

「這些是給妳的。」

「什麼？」

徐子諒從書櫃深處翻找出一個盒子交給我，他沒有回答我的問題，因為我一打開盒子，就得到了答案。

一封封的信，上頭是陳凱文的筆跡。

「去年開始收到的，他應該不知道妳搬走了，我沒拆過，本來也沒有打算拿給妳。」

對於徐子諒扣住信的舉動，我一點生氣的感受也沒有，畢竟他比誰都還要堅定地保護著我，他是一個非常勇敢堅強的人，逃避從來不是他的選項，卻因為我無法面對過去，他就替我藏匿起那一切傷痛。

在事件中受傷的是我，徐子諒承受的重量卻比我更多，我可以逃避，可以埋怨，可以站在受害者的位置舔舐傷口，他卻不行，還必須成為守護我的盾牌。

其實我比誰都還要幸運。

「你直接丟掉也沒關係。」

「我能夠擋在妳的面前，卻不能代替妳做任何決定，我不清楚最適當的時機是什麼，但怕給晚了反而會困住妳。」

大概是鄭凱寧對他說了些什麼。

然而有些話，必須由我親口告訴他。

「前幾天，我遇到他了。」

垂下眼，我看著盒子裡一封封信件，曾經無比熟悉的筆跡，卻突然變得非常陌生，但那裡頭彌封著太多過去。

「聯誼的事你大概也知道了。」我勾了勾嘴角，「大概都是這樣吧，無論我們想不想面對，有些人就是會蠻橫地出現在我們面前，隨手就掀起別人的傷疤，還把那段過去擺在桌上供人欣賞，完全不顧我們光回想就是一種痛苦。」

我抬起頭，徐子諒臉上有來不及掩飾的心疼，我依然坐在地板，側過身讓頭靠在他的腿上。

「可是，我發現，其實沒有我以為的那麼痛，就像那時候，那麼長那麼深的傷口，我以為不會好起來了，但現在都癒合了，雖然留下很難看的疤痕，可是也不是什麼過不去的事。」

我深深呼吸，一次又一次，徐子諒安靜地等著我，沒有任何催促。

「你比誰都清楚，在那之後我不只不敢搭捷運，還天天作惡夢，越來越不敢入睡結果失眠越來越嚴重，也不敢再談戀愛了……我一直告訴自己，陳凱文只是逃走而已，雖然懦弱但這也是人之常情，你們說我沒有必要逼著自己去原諒他，但其實，我不是原諒他，而是為了說服自己……因為他不只是逃走，在轉身之前，還把我推向兇手，我沒辦法面對自己愛了三年的男人居然這樣對待我，我說不出口，也不敢再去相信任何一份愛情……」

「昕雅——」

「但現在沒事了，真的，我忘不掉他把我推向前的瞬間，卻忘記那同時，有一個陌生人拉住了我……我記得陳凱文逃離了我，卻忘記我身邊有你，有鄭凱寧，有張晉倫，我死命盯著破掉的那一個黑點，以為世界都失去了光，但一抬頭，卻發現圍繞著我的世界很亮、很溫暖……」

我的身上有疤，但那卻是我癒合的證明。

「哥，我還是很怕，可能還是會有很長一段時間不敢搭捷運，會失眠，可是我最近遇到一個人，他替我唸了睡前故事，我好像就能好好地睡著了，我以前覺得不會好的，卻有了變好的可能……我想，再努力一點，有一天我說不定能不依靠任何人就能安穩地睡著，再給我多一點時間，我會離開過去，慢慢走向你們……」

陳凱文的信寫得再多都不重要了，我將信一封一封撕毀，一口氣扔進垃圾桶，某部分的過去似乎也跟著被放下了。

徐子諒蹲下身，溫柔地將我擁進懷裡。

「徐昕雅，妳知道我一直都在這裡。」

「嗯，因為知道你都會在，所以我就算還是非常害怕，但好像，也是能繼續往前走了。」

「妳慢慢走就好，我會等妳。」

13

徐子諒會等我，但別人不會。

像是朋友在月台等著遲到的自己，好不容易會合了，結果卻是兩個人一起搭不上末班車。

最後一輛列車走了，有些人大概會執拗地等待漫長的夜晚過去，盼著隔日的首班車駛來，但夜總是太長又太冷，他將禦寒的衣服給了我，振作起來的我當然不能任憑他承受風雨。

我無法調撥時間，也不能讓日出提早降臨，但我能尋找其他途徑讓他早一步抵達目的地。

總之我偷偷幫徐子諒註冊了交友軟體，順便替他改了手機密碼，總是用妹妹的生日當密碼的男人只有兩種狀況，一種是準備永遠單身，另一種是變態。

我不想讓別人發現我的哥哥是變態，只好設法讓他脫單了。

「妳假裝男人是想欺騙別人感情還是要搞詐騙？」

「那是我哥！」

「可疑的人說什麼話可信度都很低。」小黛毫不掩飾她的懷疑眼神，「再說，妳這麼普通怎麼可能會有這麼帥的哥哥。」

「普通哪裡不好？平凡就是一種幸福。」

「妳是普通，但不平凡啊……」她拍拍我的肩膀，「可疑會讓妳顯得不平凡，因為像變態。」

算了，我是大人，不要跟一個小女生計較。

何況我還有更重要的事情要做。

收起手機，我隨手拿起擱置在一旁的抹布，有一搭沒一搭地擦拭著展示架，瞄了正在檢查商品清單的小黛，用漫不經心的語氣慢慢將話題帶往我的目的地。

「不過，今天又沒看見蘇啟懷，你們店看起來沒這麼忙吧……」

「漂流八成的訂單都是網路訂單，這裡雖然是實體店，但本體是啟懷哥的工作室，做人不能這麼膚淺，」小黛話鋒一轉，「妳轉身看看四周，妳看不見客人，不代表沒有客人……」

我猛然一僵，視線卻忍不住偷偷流轉，不對，我甩了甩頭，不能被帶偏，跟小黛聊天根本是鍛鍊心志的一種訓練。

要堅定地把起初的話題繼續下去。

「妳說這裡的本體是工作室，都十點多了，他該不會是賴床就乾脆不來上班的人吧……」

「妳想知道啟懷哥人在哪就直接問好不好，整間店的人都知道妳圖謀不軌，迂迴打探不會讓妳變得比較正直。」

「這間店只有妳一個人！」

不要想嚇我。

至於圖謀不軌……我沒什麼好否認的。

「妳也知道妳不是人。」

小黛得逞一般地捧腹大笑，我無語想望一下蒼天，卻只看到天花板，心好累，差點我都想放棄套話，乾脆打電話給蘇啟懷更直接。

但當我進行幾次長長的深呼吸，拿出手機，牙一咬準備按下撥出鍵之際，她又伸手阻止我。

「妳光走進店裡就能轉那麼多圈圈，給過妳那麼多次機會跟啟懷哥獨處也完全沒進展，妳先說說妳打電話給啟懷哥想做什麼？」

「約、約他吃飯？」

小黛重重地嘆了一口氣，彷彿對我非常失望，深深看了我一眼又搖了搖頭。

「普通的女人果然只能用普通的招數，妳還在想要吃哪一間餐廳的時候，人家已經先想好要穿哪一套婚紗了。」她又誇張地搖頭，「人家一招就打趴妳了。」

「妳還小，追求一些新奇的花招也是人之常情，但兩個人之間，最重要的是用心而不是創意。」

「自我安慰並不會讓妳得到啟懷哥。」她冷冷揚起笑，拿起櫃檯邊的桌曆，指著上面被圈起的一個日期。「這天是趙嵐的生日，啟懷哥圈的。」

「那又——」

「趙嵐訂做一套餐具，說是要送給她自己的生日禮物，還指定啟懷哥當天送貨……她不僅是漂流的客人，當天還是她的生日，又有前女友身分能發揮，啟懷哥一個不注意就可能掉進陷阱。」

「這太卑鄙了吧……」

「人家不擇手段也要把啟懷哥追到手，妳還在門口繞圈圈！」

「不然，我現在也訂一套餐具？」

「抄襲可恥！」

但她邊罵邊拿出訂購單，遞給我要我填好資料，我簽下顧客簽名之後，她瞬間抽走單據，冷哼了聲。

「訂做要一個月，三天就能閃婚了誰還等妳一個月？」

那妳為什麼還拿訂購單給我寫！

不對，這不是重點。

「現在是檢討我的時候嗎？」

「不然我想不到一個妳能在一星期內上位的辦法了，妳太普通了，不存在一見鍾情這種事，跟趙嵐對峙妳也沒什麼勝算，不過──」

小黛的臉上寫著滿滿的不懷好意。

她一步一步靠向我，我忍不住後退，退了幾步卻碰上一堵牆，而她啪地一聲將手掌拍在牆上，整個人籠罩著我。

第一次被壁咚居然是個女孩。

「得不到的……就毀掉！」

這什麼霸道又可怕的宣言？

「……毀掉什麼？」

「趙嵐想要她的生日成為復合的舞台，妳，就去把舞台給拆了。」

忽然，門被推開了，木門特有的嘎吱聲劃破了店內的寧靜。

我下意識轉頭看往門的方向，迎上的卻是蘇啟懷詫異的表情。

「我打擾到妳們了嗎？」

不、不管你腦袋裡正在想的是什麼，都不是你想的那樣。

我還在找尋適當的回答，小黛卻站直身體，用無奈的語氣說著：

「她說很羨慕人家被壁咚，付了五百塊給我。」她不顧我傻眼的視線，一臉不好意思的看著我。「我身高不夠效果不太好，收妳三百就好，啊、啟懷哥的身高剛好，請他替妳完成夢想吧。」

這什麼操作？

瞪大雙眼，我的視線不由得移往蘇啟懷。

他輕輕笑了。

「那妳要付我多少酬勞？」

只配吃土的我當然付不起壁咚的費用。

更何況我剛剛還訂了一套餐具，收據金額我只瞄了一眼就不敢再看，錢包裡僅存的三張百元鈔還被小黛光明正大搶走了，數字剛好到我強烈懷疑她偷看過我的錢包。

我還來不及哀悼我逝去的三百塊，就被蘇啟懷以晚餐作為誘餌，點頭答應當他半天的跟班，酬勞是讓我免於吃土的一頓晚餐。

但沒想到我還沒吃到晚餐也沒吃到土，就先吃進一口沙。

好鹹。

「用水漱一下口吧。」

接過蘇啟懷遞來的礦泉水，我陷入天人交戰，究竟是含著一口沙比較糟糕，或是在他身邊漱口並且把水吐在沙灘上比較毀滅？

最後我還是漱了口。

畢竟長痛不如短痛，只是有些人總是喜歡伸手戳人傷口。

「吹了風應該徹底清醒了吧。」

「我只是閉起眼睛，才沒有睡著。」

心理學有個實驗，即使我們不必思考就能肯定手裡拿的尺是最長的那一根，但當所有人都堅定地指稱那是最短的尺，久而久之我們便會開始動搖，最後也改掉自己手中的答案。

簡單來說，只要我足夠堅持，我的答案就會是對的。

然而我比誰都無奈，好不容易得到獨處的機會，特別是在狹窄的車內，隨便一個不經意都能創造肢體接觸，我卻沒算到他的聲音蘊藏著獨特魔法，來回幾句話就將我推入夢鄉。

我第一次神清氣爽得如此不快樂。

「你還沒跟我說來海邊做什麼？」

「剛剛在車上說過了。」他揚起笑，卻毫不留情戳著我的破綻。「如果妳只是閉著眼睛，應該會聽見。」

我的堅持只維持了三十秒。

瞪了他一眼，卻忍不住聚焦在他的笑容之上，彷彿日光與海洋的閃耀都掛在他的唇畔，我忽然希望誰都沒看見此刻的他。

「看來妳張著眼睛也能睡著。」

「什麼？」

「我剛剛跟妳說話妳沒有任何反應。」

「大概是因為海太耀眼了，沒辦法分神去注意其他事情。」我斂下眼，別開頭掩飾有些發燙的臉頰。「反正人都到了，早晚都知道要做什麼。」

我佯裝自然地往前走了幾步，手卻突然被拉住，熱熱燙燙的，我幾乎分不清是沙灘的溫度或者是他的掌心。

「另一邊。」順著蘇啟懷的視線望去，我看見一群年紀不同的小孩。「今天是來當育幼院淨灘志工的。」

說完，他正準備鬆開手，我卻忍不住抓住他。

「我的鞋子不好走，借我扶一段路。」

風有點大。

我的頭髮控制不住地飄動，大概映現在他眼底的不是多美好的模樣，我有些懊惱，人總是希望將最好的一面印在對方心底，他卻一再見證我的狼狽。

「算了，我——」

蘇啟懷沒有說話，卻再次牽住我的手，放緩了腳步。

一步一步往前走。

然而他的手停留在我掌心的時間只有五分鐘，取而代之的是一個大垃圾袋跟一個夾子。

——淨灘才是正事。

蘇啟懷的臉只差沒有把這六個字寫上去。

確實，他是個非常理智又果斷俐落的男人，能在夜裡溫柔地唸著床邊故事，轉頭卻毫不留情指出我文案的缺點，公私分明是非常好的特質，但人的私心總是藏匿著能成為對方心中特例的冀盼。

但這就是他。

「小朋友好像都跟你很熟？」

「嗯，大學社團活動就是去幫育幼院小朋友輔導功課，畢業後有空就會去幫忙。」

「趙嵐也是嗎？」

「不是。」他沒有看我，認真地撿拾海灘上的空瓶。「她參加的是模擬聯合國社。」

一個熱心公益，另一個積極上進，回想我大學時期閒暇時間都花在戀愛上了，果然成為社畜都有背後的原因。

我撿起一隻乾癟的海星，猶豫幾秒之後又放回海灘。

「海星應該不算垃圾吧？」

「不確定，每個人對哪些東西屬於這片沙灘的定義不太一樣，一隻海星能不能留下不是因為它是海星，而是它遇見的人是誰。」他嘴角泛著笑，我卻感覺到些許惆悵。「沒有一個淨灘的人會把貝殼扔進垃圾袋裡。」

「所以海星才特別吧。」

他抬起頭，有些詫異地凝望著我。

「比起能毫不猶豫撿起來扔掉的垃圾，或是根本不被列為淨灘範圍的貝殼，失去水分的海星，既屬於海，卻又好像脫離了海，說到底，其實並不是在釐清海星到底是不是垃圾，而是驗證了我們內心對於海或者對於沙灘的定義吧。」

鹹膩的海風撲打而來，沙灘特有的陷落感讓每一步普通的移動都成為不一樣的步伐。

「不覺得海星跟我們很像嗎？一個人被留下，或者被帶走，眾人的目光都擺在那個人身上，拚命去分析他被留下的理由或者被選中的原因，但那往往只是另一個人在那當下的優先順序而已……認真說起來，這其實跟我昨天想吃草莓冰淇淋，但現在想喝冰沙差不多吧，就算一個人一次兩次地被留下來，最多也只能說是倒楣，比起自我埋怨，更應該想辦法轉運才對。」

他忽然笑了。

太過絢麗奪目，彷彿比波光粼粼的海更加燦爛。

「改天應該請妳跟小朋友們說幾個故事。」

「嗯？」

「他們大多數，都是被留下的人，曾經有人問我，是不是他不夠好爸媽才不帶他走，如果早一點遇到妳，或許我就能給他不一樣的答案。」

「就算你早一點遇到我，我也說不出這些話。」我停下腳步，轉身看向他。「不是你告訴我的嗎？每一個人的過去，不管是好的或者壞的，都是為了讓我們成為更好的自己。」

所以現在的我遇見現在的你，或許是一份恰好。

這是我經過漫長的時光才終於明白的事。

太陽逐漸沒入海平面，海風混進厚重的水氣和涼意，結束淨灘之後我快速竄進車內，卻錯愕地發現後視鏡映照出的女人，不僅頭髮被風吹得亂七八糟、眼窩掛著濃重的黑眼圈，連妝都花了。

「難道我就頂著這張臉在蘇啟懷面前裝文青？」

我好想死。

剛好眼前就有一片海。

然而當蘇啟懷拉開車門跨進駕駛座，只消一眼，我就放棄跳海的念頭了。

好好活著才能看見這張臉，偶爾還能偷瞄幾眼結實的胸肌。

「我說話會不會又讓妳不小心閉起眼睛？」

「才、不、會！」

但現實只用了十分鐘就狠狠打了我幾巴掌，在我幾乎要淪陷之際，掌心忽然傳來一陣冰涼，驅趕了我的睡意。

是冰沙。

我方才隨口一提的，如今卻安放在我的手中。

「雖然希望妳能補眠，但路途很短，來回都讓妳睡著了總感覺有點可惜。」

「……你不是不喜歡在車裡吃東西？」

「所以妳吃。」

這什麼意思？

有任何隱喻或者延伸意涵嗎？

想不透只好吃冰。

「等一下，這是往我家的路吧，你說了要請我吃晚餐，想賴帳嗎？」突然我不敢置信地瞪大雙眼，「該不會你用冰沙來打發我吧？」

「我臨時有點事，晚餐改天補，需要寫字據嗎？」

「看在冰沙的分上暫時相信你。」

「暫時。」他帶些笑意複誦了一次，「那要多少冰沙才會堆疊成一份完整的相信？」

「我覺得暫時的相信是最好的，畢竟再信任的人都可能背叛自己，萬一碰上了，還能告訴自己，對這個人的相信只是到期了，而不是一開始就是壞的。」

「我有個大學室友非常堅持每天都用潤髮乳。」

「潤髮乳？」

我又斷片了嗎？

話題簡直像從海邊瞬間移動到高原一樣，潤髮乳，我想了好幾次，幾乎要懷疑他是在影射我那頭被海風吹得難以言喻的頭髮。

「他告訴我，潤髮乳讓頭髮滑順其實是一種假象，停用幾天頭髮就又恢復到原本的樣子，但只要每天都用上一點，頭髮就能一直處於滑順的狀態了。」

所以即便只是一個又一個的暫時，只要足夠分量的冰沙就能讓一份相信持續到終點。

然而蘇啟懷沒有往下解釋，彷彿單純只是分享一個回憶。

路程比我想像的更短。

彷彿不過是轉了幾個彎，又等了幾個紅燈，才剛吃完一杯冰沙，車就在我的住處大門前停下。

「到了。」

「我知道。」

車鎖被打開的聲音簡直像是宣告暑假結束的鬧鐘，我拖著緩慢的步伐朝門口移動，不想說再見，卻又慶幸我和他之間還有一份未完成的晚餐。

我忽然想起趙嵐。

她即將到來的生日，是不是也替她和他之間準備了一份未完成的什麼？

「我還欠妳一份酬勞。」

「酬勞？」

蘇啟懷猛然朝我拉近距離，我有些心慌，下意識後退了一步，卻撞上一道冰冷的牆，下一瞬間他傾身向前，抬起手將我圈劃在他的影子裡頭。

「不知道妳想要的壁咚是不是這種？」

「我……」

我沒有想被壁咚的癖好，那全是小黛的自導自演，她還騙走我僅存的三百塊。

但既然三百塊已經追不回來了，那至少要物超所值。

於是我忽視加速到幾乎要超出負荷的心跳，用力深呼吸，伸出手扯住他的衣領，往前將我的額頭抵上他的胸口。

他的心跳、他的溫度，以及他的呼吸，都讓空氣密度大到我快要不能承受。

「我的工作報酬很貴的，至少要維持五分鐘。」

他似乎是笑了。

沒有聲音，但震動卻緊緊包覆著我。

「好。」

擁抱你的聲音入睡 Sleep with Your Voice

他說：「我不計時，等妳喊停。」

14

蘇啟懷的壁咚持續了七分十二秒。

之所以能得知如此確切的時間，是因為鄭凱寧恰好帶著晚餐來找我，又恰好目擊我走下蘇啟懷的車，再恰好見證了壁咚全過程，順便拿起手機直播給張晉倫看。

往好處想，至少她連線直播的人不是徐子諒。

然而我的慶幸持續不到三秒，事態就往另一個我難以掌握的方向歪曲而去，就像我才慶幸自己躲過了從三樓陽台落下的花盆，還沒轉身就被不遵守交通規則的機車撞倒在地，手掌還壓上了一旁的花盆碎片。

我總是躲不過花盆的，差別只是形式。

只是這當下最重要的不是花盆，也不是被劃傷的掌心，是被機車撞倒在地的整個身體。整個身體。有些時候便會陷入這樣的狀況，無論意志多想移動，人卻動彈不得，導致最後明明是自己的事，決定權卻被握在另一個人的手上。

例如正頭靠著頭商討如何拆掉趙嵐生日舞台的鄭凱寧和小黛。

「妳們可以不要屏除當事人嗎？」

「雖然這麼說很殘忍，但其實妳派不上太大的用場。」

「那妳的計畫就不要把我擺進去。」

「妳看過恐怖攻擊的電影吧，雖然拿著剪刀準備剪斷炸彈管線的是留在現場的人，但要剪紅線還是藍線，做決定的是電話另一端的人。」小黛非常自在地斜靠在我的沙發上，「之所以需要妳，是因為妳現在是在場上的那個人。」

「前女友的每一次出現都是一場恐怖攻擊，稍微掉以輕心就會爆炸。」鄭凱寧冷冷地說著，「妳好不容易想重新談戀愛，就算有一萬種失敗的理由，其中之一都不應該有前女友。」

在她眼裡我就是個可能會失敗一萬次的人？

算了，我不想知道答案。

總之她們一個想破壞趙嵐的復合計畫，一個想將我推進新戀情的坑裡，儘管懷抱截然不同的目的，卻踏上了同一條道路。

我就是被她們踏過的路。

讓她們搭上線的樞紐，嚴格來說並不是我，而是半小時前的那一個壁咚，鄭凱寧一結束直播就上傳了照片，演算法讓標記著我的照片推送到了小黛眼前，於是她幾乎是立刻就打來了電話，第一句話就是——

「替妳打折的那兩百我覺得有點虧，下次妳記得付給我。」

「我全部財產已經都被妳搜刮走了。」

「妳可以換個支付方式。」

「我沒空替妳代班。」

「沒差，妳有空去破壞趙嵐的生日計畫就好。」

我沒有答應。

無論如何我都不應該去破壞一個人遞送一份感情，那阻斷的不僅僅是趙嵐的喜歡，還有蘇啟懷的答案。

然而偷偷湊近我身側的鄭凱寧卻一把搶走手機，代替我答應小黛的要求，我還沒反應過來，她們就已經敲定了在我的住處進行行動會議。

「……乾脆我開車去撞他，這樣他不但沒辦法送貨給前女友，還能讓徐昕雅去照顧他，剛好趁虛而入。」

「但撞人的力道跟角度妳有把握嗎？」

等等。

我才發一下呆，為什麼她們討論的內容走向越來越荒謬？

聽著她們認真商議起偽裝車禍的細節，我越想越不對，然而我越堅決反對的提案，鄭凱寧總是越想執行，她堅信我的抗拒就是一種對抗本心的展現，所以我反應越大，就意味著我內在的渴望越深。

既然正面打斷不行，只能採取迂迴戰術，接著各個擊破了。

「我去路口的便利商店領錢。」我咬了咬牙，忍住不去看淌血的心，反覆說服自己這是權宜之計。「妳想要兩百塊就跟我一起去。」

短短的五分鐘路途，我不僅失去了兩百塊，還額外付出了一大袋零食。

敲詐我的傢伙當著我的面大搖大擺地撕開洋芋片包裝，津津有味地吃了起來，我看著她沉浸在垃圾食物的側臉，距離我的住處只剩三分鐘的路程，我卻還沒想到打消她念頭的方法。

不行，我的兩百塊跟零食不能白白犧牲。

找不到迂迴的路就直行吧。

「妳喜歡蘇啟懷嗎？」

「——什麼？」

小黛的聲音不由自主地拉高了好幾階，錯愕地停下腳步望向我，連嘴裡的洋芋片都忘記嚥下去。

「不然我想不到妳這麼想破壞趙嵐尋求復合的理由。」我頓了一下，發現自己正踩在街燈的光暗界線上。「就算妳說過趙嵐為了工作捨棄蘇啟懷，但那也只是她曾經的選擇，當然我也覺得她很自私，但她也只是想追求自己想要的，過去是工作，現在是蘇啟懷。」

我放緩了呼吸，視線落在我的腳尖，來回在光亮和影子之間。

「要接受或者要拒絕，都是蘇啟懷的事。」

「我知道，但我還是會想辦法破壞。」

「妳——」

「喉嚨有時候會卡住東西吧，很不舒服，不管灌下幾杯水或是吞了幾口白飯都沒有用，但又清楚知道那不是魚刺，就算跑到急診也會被趕出來，難過得要命，可是在別人眼中又不是件嚴重的事，自己的反應好像小題大作一樣，繞了一圈，最後也只能自己默默地忍耐，痛苦地等著那個不知道是什麼的東西被嚥下去。」

小黛不自覺握緊餅乾袋，鋁箔袋摩擦的聲響在安靜的街上顯得格外清晰。她說：「趙嵐就是那個卡住的東西。」

我忽然明白了。

對方離開的理由越是合理，被留下的那個人反而找不到出口，某些脆弱的時刻，或許還會反問自己，她的離開是正確的選擇，那麼是不是意味自己是錯的？

小黛或許不是想破壞蘇啟懷和趙嵐復合的可能，而是搖著大大的旗幟，清楚地寫著被留下的蘇啟懷不是一種錯誤。

「但蘇啟懷很堅強，我甚至想，說不定什麼都動搖不了他。」

「就因為堅強，所以他一直都是被留下來的那一個。」小黛把手中的零食胡亂地塞進購物袋，表情有些糟糕。「他一直都是被依靠的人，好像不管發生什麼事，他都能非常好地應對，久而久之，好像大家都把這一點作為自私的藉口。」

小黛煩躁地想耙梳頭髮，手抬到一半卻發現自己的手油膩膩的，我抽出隨身攜帶的面紙給她，但她沒有收。

也沒有繼續往下說的意思。

「妳講得有點抽象。」

「想知道就再加兩百。」

我被小黛的話噎在原地，她根本才是我吞不下去的那根魚刺，我悻悻然地拿出錢包，暗自向那兩張跟我相處還沒超過十分鐘的鈔票道別。

手才剛碰到紙鈔，小黛忽然笑了，煩躁的低氣壓似乎也舒緩了一些。

「算了，今天就用面紙換。」她一把抽走我口袋裡的面紙，非常隨便地擦著手指。「啟懷哥從國中就自己生活，那年他媽改嫁，只帶走他弟，說是因為他能照顧自己，他爸又外派到南部，把他留在台北，因為他一個人也不會有問題……他的情史也很不順，初戀劈腿了一個軟飯男，還有臉哭著說對方比較需要自己……這些趙嵐都知道，還信誓旦旦說她會永遠陪在啟懷哥身邊，最後卻還是為了一份工作把啟懷哥留在原地……」

——他們大多數，都是被留下的人，曾經有人問我，是不是他不夠好爸媽才不帶他走，如果早一點遇到妳，或許我就能給他不一樣的答案。

在淨灘活動時，蘇啟懷這句話裡提問的人，會不會其實就是他自己？

小黛煩躁地踢著地上的碎石子。

像是在掙扎些什麼。

「接下來我說的話妳發誓不能告訴啟懷哥。」她突然抬頭瞪向我，「快發誓，沒做到就讓妳一輩子錢包都只剩三百塊。」

太惡毒了吧！

但我在她強大的氣勢底下還是默默舉起手發誓。

「我發誓不會說出去。」她依舊兇狠地瞪視著我，等著我把誓言說完整，沒辦法我只好照做。「沒做到就讓我一輩子錢包只剩下三百塊。」

小黛滿意地點了兩下頭。

「其實，當初趙嵐出國那天，啟懷哥有趕去機場追人。」

「我知道……」

「這妳知道?妳比我想像的還要強一點。」

「到底在妳眼裡我是多糟糕?」

「沒很糟糕,就很普通,妳知道,普通比糟糕更糟糕。但這不重要。」她很隨意地略過,再度轉回方才的內容。「啟懷哥最後沒去成機場,因為他遇上捷運事件,就很有名的那個,他剛好搭上那輛捷運,他跟我說自己沒受傷但決定留在現場幫忙,我知道之後立刻打電話給趙嵐,告訴她啟懷哥受傷了……」

蘇啟懷那時候也搭上了同一輛捷運?

儘管明白這世界上有許許多多的巧合與偶然,然而當一個兩個巧合疊加在自己所在意的人身上,彷彿他就越來越特別。

可是我又想,他或許不需要任何巧合就已經足夠特別了。

「說我沒創意,妳才沒創意。」

「不要打斷我說話。」

「妳繼續。」

「趙嵐問我啟懷哥傷得怎麼樣，我怕謊扯太大，情急之下就說了是輕傷，結果妳知道她說什麼嗎？她說既然沒有大礙，那她就放心了，啟懷哥能好好照顧自己，所以她一樣乾脆地搭了飛機走了。」小黛忍不住重重嘆了口氣，「我不敢告訴啟懷哥，趙嵐根本像是接連放棄他兩次，我以為這樣能拖住趙嵐，但好像做了不應該做的事情，得到不應該得到的答案……」

「我發過誓了，不會告訴任何人，所以妳知道把趙嵐當初的答案收好，就不會有人知道。」

「我知道，但是，後來我才知道，啟懷哥是真的受傷了，而且傷得不輕……他為了救一個女大生手被狠狠砍了一刀，我一直想，如果我當初對趙嵐說啟懷哥傷得很重，她會不會就留下來了……」

救了一個女大生？

被砍了一刀？

我的思緒有些混亂，用力捏了掌心，勉強將注意力轉回和小黛的話題。

「幸好妳沒那樣說。」

「什麼意思？」

我忽然想起當初聽見陳凱文出國的消息時，和徐子諒緊緊皺起的眉心不同，我意外地有種鬆一口氣的感受，不是因為他的離開，而是因為我身上的傷口正劇烈作痛，我想著，他逃離的理由大概是因為我的傷。

而不是我。

「我不知道蘇啟懷是怎麼想的，但如果是我，我會希望對方留下來是因為我，而不是因為我的傷。」

小黛拎著零食回家了，理由是被迫回想起糟糕記憶的細節。

我以為暫時破壞了她和鄭凱寧的同謀，沒想到兩個人不知道在哪個縫隙又約定了後天見面，無奈之下我只好放棄掙扎，但認真想想，我反而還是獲益的那一方。

人就是這樣，繞了一圈其實什麼都沒有改變，卻以「我曾經努力過了」來合理化自己的自私。

像趙嵐那樣大大方方展現自私的人，某種程度上也是讓人佩服的。

但趙嵐不是重點。

至少不是現在的重點。

自從聽了小黛說了蘇啟懷也是捷運事件的當事人，還犧牲自己救了一個女大生之後，就像有哪個人將收音機轉到某個收訊不良的頻道，不大不小的廣播聲，卻因為時不時出現的雜訊聲三番兩次打斷我的一切思考與動作。

我咬了咬牙，盤坐在床上做了好幾次深呼吸，才挪動僵硬的手指費力地搜索起當年的事件報導。

事件發生之後，這是我第一次直面當初的記憶。

但查或者不查其實是差不多的。

頁面上的傷亡者資料也給了我一樣的答案。

整輛捷運就那麼多乘客，從中拎出救人的人和被救的人也不過那幾個，關鍵點是——

被救的女大生只有我一個。

嚴格來說，是研究生，但反正也還是只有我一個。

「所以，救我的人是蘇啟懷……？」

「把我從海裡撈上來的人是他，在捷運上替我擋刀的也是他？」

「一次救命之恩可以以身相許，那兩次呢……？」

我對著牆壁、對著兔子玩偶、又對著路過的壁虎反覆追問，直到壁虎都嚇到逃竄了，我仍舊在喃喃自語。

「不行，不確認我一定會睡不著。」

雖然本來就睡不著。

但我異常快速地按下蘇啟懷的電話號碼，差一點我都要懷疑，其實自己只是缺了一個撥打電話的理由。

鈴聲響了兩聲半，另一端很快地傳來他的聲音。

「這個時間點打來，是需要睡前故事了嗎？」

蘇啟懷富有磁性的嗓音揉進濃濃的笑意，我懸浮在半空中的心緒瞬間落了地，彷彿被好好地承接在他的掌心。

——你是當初救我的人嗎？

答案非常重要，但或許也並不重要，因為打從一開始，他就是從海裡救我上岸的人。

而積蓄在我胸口的喜歡，也跟這一切無關。

「嗯。」我輕輕地應了一聲，「有點睡不著，明天還有重要的會要開。」

「想聽什麼故事？」

「今天我先說一個故事給你聽吧。」

「好。」

於是我用有些生硬乾澀的口吻，緩慢說起一個關於在捷運上的事件，某個女孩被男友推倒在地，卻是一個恰好在那裡的陌生人護住了她，妳會沒事的，我忽然想起來他在我意識渙散時不斷對我說的話，堅持一點，妳會沒事的，一次又一次地說著。

這一刻我明白了，我之所以聽見蘇啟懷的聲音就能安心入睡，那不是魔法，而是他給我的奇蹟。

很短的一個故事，我卻花了大半個小時才終於講完。

「因為有那個陌生人，女孩才能好好活到現在。」

「我覺得不是。」

他說。

「女孩之所以能好好活著，是因為她很勇敢。」蘇啟懷的語氣非常鄭重，

「這世界上或許有所謂的奇蹟，但一個人的傷能夠癒合從來就不僅僅是幸運。」

「蘇啟懷。」

「嗯？」

「沒事。」垂下的視線落在不遠處的沙發，是他曾經坐過的位置。「就想喊一下。」

我抿起唇，卻忍不住笑意。

「我故事說完了，換你說了。」

我以為蘇啟懷會一如往常地說「好」，卻在短暫的停頓之後，他給了我另一個回應。

「有插撥，我等等打給妳。」

我下意識扭頭看向牆上的掛鐘。

半夜一點半，這時間點會打電話的除了曖昧對象就是變態。

理智告訴我不要追問，但我的嘴巴卻超脫了理智的束縛。

「……是趙嵐嗎？」

「妳今天怎麼來那麼早？蘋果派還要十五分鐘才會烤好——」

「十一分鐘又四十二秒。」

「也許在妳眼裡我沒什麼原則，但關於甜點，就算是一秒鐘我都不會讓步。」

「甜點什麼的隨便啦。」我抬手制止張晉倫在甜點的問題上進行爭論，對於男女關係隨便的他，卻接受不了其他人對甜點態度隨便。「你會跟客戶講超過十分鐘的電話嗎？」

「我昨天才跟廠商講了半小時的電話——」

「在半夜一點半。」

他頓了一下，露出意味深長的表情。「晚上十點之後，我的通話內容僅限於拓展私人感情。」

直白翻譯就是，他不介意通話對象是不是客戶，但他的夜晚只留給曖昧對象。

儘管蘇啟懷替我講了三十一分鐘的故事，然而所謂的感情唯一原則是全有全無律，縱使是百分之九十九比百分之一，也不是能被接受的事。

但更殘酷的現實是，在這場贏者全拿的競技裡，不僅僅是我想多擁有一點，對方也一樣強勢地攻城掠地。

我想緩步前行，但對方卻拿出百米衝刺的速度，她一眨眼就幾乎要超越我走了好幾個月的距離。

刷地一聲我猛然起身，大步走向正窩在餐廳角落的鄭凱寧和小黛，無論如何我都認為不應該破壞別人的感情，我也不應該阻攔趙嵐遞送自己的喜歡，更不應該剝奪蘇啟懷回應趙嵐感情的權利，我的眼前擺了一個又一個的不應該——

這時候誰還管什麼原不原則！

「不管你們準備要拆舞台還是拆炸彈，都算我一個！」

我以壯士斷腕的姿態霸氣宣告，沒想到我得到的，只有在場客人的側目和兩張意興闌珊的表情。

她們簡直像鏡像一樣，托著腮，拿著叉子有一搭沒一搭地戳著盤子裡的義大利麵，如果要玩找碴遊戲的話，大概就是小黛多捲了一圈麵。

但那不是重點。

重點是小黛瞪了我一眼，從口袋裡心不甘情不願地掏出一百塊交給鄭凱寧。

「不是說『要接受或者要拒絕，都是蘇啟懷的事』嗎？」小黛冷哼了一聲，「女人的話沒一句能信。」

難道妳不是女人嗎？

啊、我忘了，這傢伙的話也確實沒一句能信的。

「在愛情面前任何的原則和道德都像脆弱的玻璃杯，差別只在於是拿著的人主動摔破，或是被人推了一把不小心摔破，但無論是前者還是後者，杯子終究是要破的。」

儘管明白是種比喻，但我忍不住悄悄把鄭凱寧手邊的水杯往內推了一點。

我拉開椅子坐下。

「所以，明天的計畫是什麼？」

「方案一，妳開車去撞趙嵐，讓她去不成餐廳，但風險是啟懷哥因此被勾起惻隱之心，趙嵐也有新的籌碼可以用。」

「方案二，我們開車去撞妳，讓啟懷哥改去醫院陪妳，但風險是妳可能會一個人躺在病床上沒人理妳。」

「方案三最刺激了，就是妳跟趙嵐同時被車撞，看啟懷哥去哪一邊。」

我的頭好痛。

時間如果能倒轉回五分鐘前，我絕對不會拉開椅子坐下的。

「沒有被車撞以外的選項嗎？」

「有是有啦……」

小黛瞄了我一眼，表情有些為難。

最後她嘆了一口氣，像是跟整個世界對抗許久之後終於妥協一般，從桌子底下拉出一個紙袋遞給我。

我納悶地拉開紙袋，居然發現裡面放的是一件女僕裝？

「為什麼要給我這個？」

「我有認識的人在那間餐廳打工，雖然妳年紀大了一點，但勉強可以混進去……聽說趙嵐安排了很浪漫的節目，妳就想辦法提前破壞。」

「還有第三個選項嗎？」

「有。」小黛勾了勾手示意我靠過去，「妳就等著明天趙嵐在社群軟體上宣布復合消息吧。」

我想，人的思考在某些時刻會出現異常巨大的誤區。

打個比方，例如眼鏡明明戴在臉上卻在房間內四處翻找找眼鏡，又或者理論上不應該被忽視的羽毛球拍就擺在門邊，卻在屋子裡轉了十三圈半才因為踢到球拍而發現它。

甚至都還不是自己「看見」的。

所以，當我穿著莫名其妙的女僕裝來到餐廳，卻發現每個服務生都穿著極為樸素的黑衣黑褲，而小黛所謂的朋友，大概也是她想像中的那一種朋友。

我被整了。

這是我第一個理解到的事情。

接著，我後知後覺地發現，正因為鄭凱寧跟小黛不斷將破壞趙嵐生日作為一切的前提，彷彿只要她的生日計畫啟動了，蘇啟懷就會牽起她的手，於是我的思緒也被限縮在這個狹小的圈圈之中，徹底忘了，其實我可以在他見到趙嵐之前先攔住他。

「該死的小黛——」

很好。

我終於釐清這一切的違和之處在哪裡了。

小黛的目的正是要阻絕我在趙嵐生日計畫施行之前攔住蘇啟懷，她成功了，所以此刻擺在我面前的選項只有一個，就是去破壞趙嵐的計畫。

因為我不敢賭，不敢賭那個蘇啟懷接受她的萬一。

「所以，我不是被她推來拆掉舞台的，我根本就是那顆炸彈！」

小黛到底是討厭趙嵐還是討厭我啊？

深呼吸。

不要衝動。

衝動解決不了任何事情，要解決小黛隨時可以想辦法出手，更別說還有個自稱我閨密的傢伙當共犯。

叮地一聲，共犯傳語音訊息來了。

「小黛被我綁在車上了，她本來說，就算妳想臨陣脫逃，她也會把妳扔到蘇啟懷跟趙嵐中間，她要親手炸花趙嵐的臉之類的……反正我跟她都不會過去，昕雅，雖然我用各種方法推著妳往前走，但最後那一步要不要跨出去，只有妳自己能決定。」

我才聽完她的訊息，她又傳了新的一則。

「每一份愛情都需要做好準備，但其實每一份愛情我們都做不好準備，最後我終於知道了，真正重要的不是有沒有勇氣，而是到底有多想要。」

人一旦有了渴望，就會往前走。

問題從來就不是「這個人值不值得我冒險穿越荊棘」，而是「我想不想為了這個人承受被荊棘劃破血肉的痛楚」。

捏著手，我在能看見餐廳入口的角落來回踱步，表露真心是一回事，但戲劇化地闖入一場策劃好的舞台又是另外一回事，對我來說，那大概是約學長到頂樓偷偷告白跟在升旗時搶過校長麥克風逼學長表態的巨大差別。

等一下。

我還有時間阻止蘇啟懷！

飛快地我拿起手機按下他的電話號碼，肚子痛被困在冰箱或是洗澡滑倒什麼理由都好，沒想到，電話打通了，卻遲遲沒人接聽。

下一秒我就看見蘇啟懷出現在餐廳門口。

蘇啟懷終於意識到手機正瘋狂震動，他低頭正準備確認來電，卻被臉上掛著張揚笑容的趙嵐打斷。

電話轉接語音信箱。

而蘇啟懷跟著趙嵐走進餐廳。

那一刻，我還是明白了，有些時候人其實是沒有選擇、也不必選擇的，我撩起過分厚重的裙襬，絲毫不顧旁人的眼光，快步跑向蘇啟懷所在的方向。

「蘇啟懷！」

我大聲喊了他的名字。

後來想想，那簡直像是在世界的中心呼喊愛一樣的誇張行徑，唯一慶幸的大概是小黛為了整我而準備的女僕裝，讓在場的客人以為這是一場表演。

但那又怎麼樣呢？

人們總是把我們的人生當作一場戲，我跟陳凱文相愛的時候，他們把我們當作夢幻的偶像劇，我被兇手劃下一刀之後，他們又用可憐的神情談論這場悲劇，然而無論那些人討論得多麼熱烈，我的人生終究與他們無關。

在我的人生裡活著的是我。

蘇啟懷停下腳步，回頭望向我。

「昕雅？」

「你還欠我一頓飯，我現在有空。」

空氣簡直像凍結了一樣。

假使有人伸手戳戳看，說不定會掉下幾個果凍或者軟糖之類的東西，但這一瞬間的氣氛跟甜味毫無關聯，我嚥了一口唾沫，總感覺滲著一點苦味。

趙嵐拉住蘇啟懷，她壓低聲音，卻拿捏在我能恰好聽見的程度。

「不要走。」她的語氣帶著一點卑微，「啟懷，我只要這麼一個晚餐的時間而已。」

「妳知道我是來送訂製的餐具給妳的。」

「不要讓我那麼難堪，至少不要在我生日的時候。」

蘇啟懷彷彿嘆了一口氣，又或者沒有，唯一能確定的是他看了我一眼。

我的心情非常複雜，有點罪惡，有點後悔，又有點害怕，好像是我把局面強行推到非得讓他狠心做出抉擇的狀況，我的掌心有些發汗，可是我又不想讓步，鄭凱寧說得沒錯，玻璃杯最後都是會被摔碎的，從前的我大概只是還沒碰上能讓我捨得把玻璃杯砸毀的人而已。

「對不起。」

趙嵐的臉色突然變得異常慘白，「她刻意用這種方式來羞辱我，你也打算縱容她嗎？」

「她是不對，這一點我很抱歉，但這種時候對我而言選擇只有一個，不是去阻止傷害擴大，而是不讓那個人受到傷害。」蘇啟懷稍稍移動一小步，似乎是阻擋了趙嵐對我的可怕眼神。「對不起，但我不會讓她心裡留下一根針。」

蘇啟懷轉身面對我，有些無奈，卻牽起我的手。

「走吧。」

他的右腳還沒邁出，我的牙一咬，身子一探猛力扯住趙嵐，另一手反向握住蘇啟懷，刻意扯開歡快的笑容又放大音量。

「小黛她們還在等我們呢，蛋糕都買好了，好不容易約到那麼多人，這裡就下次再來吃吧——」

我的臉都快僵了，好不容易踏出餐廳，突然湧上的虛脫感比結束全馬更加猛烈。

趙嵐恨恨地甩掉我的手。

「打了人一巴掌又提著急救箱來，不會太虛偽嗎？」

「隨便妳怎麼說，反正我跟妳本來就不可能和平相處，既然說都說到這裡了，妳聽好，不管妳跟蘇啟懷有什麼過去，他的現在跟未來是我的，妳連想都不要想。」

「我就等著妳說的未來。」

趙嵐果斷甩頭離開，高跟鞋敲擊柏油地面的聲音漸行漸遠，直到她拐了彎，身影消失在我的視野裡，我才重重地鬆了一口氣，然而下一秒，我卻又渾身僵硬。

「妳是不是忘了我在這裡？」

「沒忘。」

「嗯，畢竟我的現在跟未來都是妳的。」

「那個……」我尷尬地笑了兩聲，「要吃晚餐嗎？」

「在吃飯之前先去藥局。」

「藥局？」我用力搖了搖頭，「沒事，我沒事，我承認我今天是有點不尋常，但狀況有點特殊，但我可以保證我沒有喝酒，身體也沒有其他異常。」

「妳的腳後跟磨破了。」

「什麼？」

「不痛嗎？」

我偷偷瞄了一眼，赫然發現腳後跟被擦破了一大塊皮，輕輕挪動我卻忍不住叫出聲來。

「痛——」

蘇啟懷好氣又好笑，抬起手像是要敲打我的腦袋，我閉起眼準備承接他的處罰，等到的卻是他揉了揉我的腦袋。

下一秒他突然攔腰將我抱起。

「我、我可以自己走——」

「妳再說一次我就放妳下來。」

好。

我閉嘴。

蘇啟懷又笑了，一如既往地不合時宜。

「不重嗎？」

「女人都喜歡問這種只有唯一答案的問題嗎？」

「有些時候，人為了確認，就是需要反覆得到某些答案。」

例如，你喜不喜歡我？

即使你看起來似乎是喜歡我，也做出了非常帥氣的舉動，然而在聽見那個答案之前我的心依然無法落地。

我想，喜歡總是會讓人的心懸浮在半空，唯一安放之處只有那個人的掌心。

「不重，至少比從海水裡撈出來輕多了。」

「你不要老是翻舊帳。」

但真正能夠索求回報的，卻總是不提。

我把頭緩緩靠在他的肩膀，「在捷運上救了我的人，是你吧。」

「是因為這樣妳今天才來的嗎？」

「不是。」我想了一下，「而且我今天也不想跟你說謝謝，想說別的。」

「別的什麼？」

「那個事件之後，我體內的時間停滯了很久，因為在原地站了很長一段時間，雙腳好像變得有點僵硬，移動的速度很慢，可能很難一口氣追上你的步伐，但是啊，我其實是很自私的一個人，就算是這樣我也還是會想辦法拉住你。」我的手正微微發顫，忍不住扯住他的襯衫。「所以我今天該對你說的不是謝謝，而是——」

我深深吸了一口氣。

「蘇啟懷，我好像比自己以為的還要喜歡你。」

「我知道。」

「但我不知道你是不是也喜歡我……」

蘇啟懷抱著我的手聚攏了一些，腳步依然堅定地往前邁進。

「嗯，我對妳的喜歡應該也比妳以為的多。」他的聲音以包覆著我的姿態落下，「妳就按照妳的步調移動吧，慢一點也沒關係，畢竟路就那麼一條，走著走著也就到了。」

所以，不用心急。

喜歡是一種追逐卻不是追趕。

「萬一我走得太慢呢？」

「如果我覺得妳走得太慢的話，像這樣抱著妳往前也可以。」他停頓了幾秒鐘，「畢竟妳不重。」

「你中間的停頓是什麼意思？」

「藥局到了。」

「蘇啟懷你不要轉移話題。」

「用『我喜歡妳』來交換夠嗎？」

「喜歡不是拿來交換的。」我抬頭瞪向他，「至少要三句才夠。」

「徐昕雅。」蘇啟懷忽然將我放落地面，非常認真而鄭重地喊著我的名字。「我喜歡妳，很喜歡。」

我的心像安全降落卻又猛然被拋向天際，但他牢牢拉住了我。「只要妳願意朝著我的方向走過來，妳來不及走的路，我來走就好。」

往前踏了一步我緊緊抱住蘇啟懷，掩飾我眼角滑落的淚水。

但他似乎是知道的。

「蘇啟懷，我想我還是要跟你說謝謝，謝謝你當初救了我，因為我好好活下來了，所以我又遇見你了。」

所以謝謝。

謝謝你讓我明白，因為我努力活下來了，才得以看見大雨過後的天晴。

之後

關於小黛

蘇啟懷生日的前一個星期，小黛傳訊息提醒我記得替他慶祝，我想了三天決定買一台掃地機器人，但正要下單就被小黛阻止了。

「啟懷哥家裡儲藏室有一台，他說他用不慣。」

「妳怎麼知道？」

小黛給我一個高深莫測的表情，以無聲的姿態表示一切都是過去，不用再多做追問，然而這世間有許許多多的事情，對方越是不說，想像空間就越會膨脹。

但礙於給蘇啟懷驚喜這件事，我硬生生佯裝沒事度過了煎熬的四天，甚至在挑選新的禮物時我果斷拒絕小黛提供意見，一個過去已經夠多了，我不想像堆疊石塔一樣眼睜睜看著搖搖欲墜的塔被放上一塊又一塊新的石頭。

最後我送了一條皮帶。

我不太清楚、也不想弄明白，為什麼鄭凱寧跟張晉倫會同時拋給我曖昧到無以復加的眼神，至少蘇啟懷是正直而坦蕩的，他表現得就像個一般人收到一條普通的皮帶的模樣。

話題最終還是繞回了小黛。

「你跟小黛很熟對吧？」

「嗯，她是我高中學妹。」

我愣了一下。

高中。學妹。這兩個關鍵字，是每個男人所謂的過去裡頭，最可能讓人一腳踩空並就此陷落的危險區域。

原來他的身邊一直埋伏著可怕的地雷。

「我本來想買掃地機器人當生日禮物的，但小黛說你的儲藏室已經有一台了。」

「住的地方不大，隨手整理掃一掃也就乾淨了，好像也不用特地依靠機器。」

「她去幫你打掃過嗎？」我扯開一個僵硬的笑容，手中的叉子忍不住用力戳著無辜的花椰菜。「我連自己儲藏室扔了什麼都不是很清楚呢。」

蘇啟懷又笑了。

我幾乎要懷疑他體內安裝了某個能夠精準偵測不合時宜瞬間的雷達。

「前陣子我整理了一張單子，請她幫我放上平台拍賣……房間總要清出一些空間，才能擺進妳的東西。」

猝不及防的一個重擊。

我簡直控制不住自己的嘴角，盤子裡的花椰菜因此逃過了一劫，獨自躺在醬汁裡頭自我療癒。

但我忘了，眼前的男人可是曾經信誓旦旦向我宣示「我不是個正直的人」的傢伙呢。

任何一個徘徊在自己男友身邊的高中學妹，都不可能是清白的。

後來我才知道，小黛曾經瘋狂迷戀過蘇啟懷。

據說，蘇啟懷高三那一年，小黛每天早上都等在校門口準備攔截他，小女生必須鼓起勇氣才能勉強擠出來的告白，在小黛口裡就是一種早安，於是他和她的一天從例行告白開始，幾乎是兩人只要對上眼，小黛便會直覺地喊出「學長我喜歡你」。

蘇啟懷畢業那天，小黛不顧形象也不管別人視線，用盡全身力量抱住蘇啟懷的手，邊哭邊發誓他一定會跟學長考進同一所大學。

兩人之間最大的鴻溝不是兩歲的年齡差，也不是台中和台北的距離，而是PR值。

那個暑假，小黛每天都待在圖書館裡拚命念書，彷彿這世上所有的一切都不能成為她追隨蘇啟懷的阻礙，但一個故事的結局往往都不會符合人的期盼，在小黛身上，結局甚至來得比大考更早。

她移情別戀到了另一個同樣每天都到圖書館念書的男孩。

小黛又展開了新一段轟轟烈烈的愛情，差別大概只有她每天早上的例行告白，從「學長我喜歡你」，換成了「學弟我喜歡你」。

終於有一天，學弟害羞地、小聲地，回應了一句「我也是」。

沒想到，小黛不到三個月就甩了對方。

「她也太渣了吧！」

「就小黛的說法，不喜歡了就果斷分手才是現代人的禮貌。」

「她又移情別戀了嗎？」

「嗯……算是吧。」

小黛似乎透過與學弟的青澀戀情領悟到，她追求的是喜歡一個人的感覺，卻不想面對交往之後種種現實的真相，然而不會有一段愛情永遠都只處於熱烈的追逐階段，不、還是有的，小黛把目光投向舞台上閃閃發亮的偶像，遙不可及，卻又耀眼炙熱。

她甚至成了粉圈知名的傳說人物。

這種人憑什麼說我可疑？

不對，重點不是這個。

「不過，你把一個迷戀過你的人放在身邊，連討厭的前女友的訂單也不拒絕，我總覺得有點……」

「每一段感情都是人脈，漂流還在幼苗階段，趙嵐下了訂單我沒有拒絕的理由，不如說，拒絕了才反而意味我對她還存在顧慮，她只是客戶，何況，接單的時候我跟妳的距離也還有點遠……」他臉上忽然揚起了罕見的燦笑，

「如果妳早一點跟我告白，我就不會接下她的訂單了。」

算了。

先告白的人總是要辛苦一點。

「至於小黛，她前陣子送了一組餐盤給她的偶像，好像在實境節目上出現了幾次，最近有不少人指定要同款餐盤，業績翻了好幾倍……不過如果妳很在意，我可以替她介紹其他工作。」

「先不要。」我哼哼了兩聲，想起那一張張離我遠去的百元鈔。「等榨乾她所有的價值再說吧。」

蘇啟懷又笑了，用著特別寵溺的口吻對我說：

「好。」

關於徐子諒

我跟蘇啟懷之間有許許多多的巧合，簡直像從台北到高雄的路途上，沿路碰上的都是綠燈一樣不可思議。

打掃的時候我從文件堆裡翻到了蘇啟懷講座的文宣，在徐子諒的房間，我突然想起來，最一開始的講座，是他逼著我去聽的。

這或許不算什麼，但他從得知我跟蘇啟懷曖昧到我帶著蘇啟懷跟他吃飯的過程，徐子諒不僅沒有干預，甚至對蘇啟懷釋出了莫大的善意。

這不尋常。

就算他死不承認，但全世界有眼睛的人都看得出來徐子諒就是個妹控，我和陳凱文交往期間，徐子諒從來沒有給過他好臉色，一到晚上九點，無論我人在哪裡，徐子諒都不在乎距離，多遠都趕來將我拎回家。

這樣的徐子諒，居然把我住處的密碼給了蘇啟懷。

「你是不是知道蘇啟懷就是當初救了我的人，才讓我去聽他演講的？」

「不確定。」

「意思是你有懷疑？」

「嗯，我見過他一次，拿到文宣的時候覺得很像他，還一樣姓蘇，但妳見了本人也沒認出來，我想大概就不是吧。」

怪我嘍？

是、是怪我。

我不僅沒認出救命恩人，還在人家講座上公然打瞌睡，還自以為作夢地調戲人家。

「那、你是什麼時候確定他是的？」

「我去過他的店，一見到他我就知道了。」

好吧，我親愛的哥哥一看見蘇啟懷就認出來了，我頻繁地跟他來往卻後知後覺到令人髮指的地步。

不過我倒是鬆了一口氣，果然哥哥還是我的哥哥，果然偷偷去偵察過敵方了。

「為什麼不告訴我？」

「他請我不要說，他告訴我，有時候感激會讓兩個人的關係失衡，他覺得現在這樣跟妳相處就很好，他從來沒有想要得到什麼，而且，說不定說破之後，他反而會失去一些什麼。」

徐子諒伸手彈了下我的額頭。

我痛呼了一聲。

「很痛耶，幹嘛啦？」

「妳記清楚妳和他現在在談戀愛，在戀愛裡的人最在乎的，就是對方的愛，妳的感謝是愛情之外的事。」

「一個死不談戀愛的人憑什麼教我談戀愛。」

「因為第一眼就認出他的人是我，不是妳。」

這什麼令人毛骨悚然的發言？

我用力甩頭，揮去腦中突然浮現的糟糕畫面，一定是受到小黛的汙染太深了。

然而從那之後我再也沒有向蘇啟懷提起當年的事。

很久很久之後的某一天，我牽著他的手，主動走向捷運站，他有些詫異，卻堅定地握緊我的手，我想，人之所以能勇敢地往前走，正是有像他一般溫暖的人隨時會張手承接住自己吧。

那一天的事件在我的人生造成非常大的一個裂口，但那並不是日常，我看著熙來攘往的人們，這樣普通平順的來去才是真的。

儘管我最後也只搭了一站的距離。

但我想，所謂的前進，重要的從來就不是速度。

「總有一天，我能夠從第一站搭到最後一站。」

「嗯，但不管妳在哪一站下車，我都會去那裡跟妳會合。」

然後，一起出站。

擁抱你的聲音入睡 Sleep with Your Voice

後記

這是一個只有徐昕雅和蘇啟懷的故事。

他們的感情裡沒有配角，也沒有第三者，儘管兩人的前任在某些時刻起了關鍵的作用，然而對他和她而言，那其實正是所謂的過去。

每個人都有過去，每個人都背負著過去負重前行，誰不想生命的每一刻都燦爛明媚，但大多時候，那些或大或小的幽黑傷痛，依舊在我們的身上留下深深淺淺的疤痕。

甚至，某些傷口尚未癒合。

這其實是非常難的一件事，曾經受過的傷會成為一種印記，如同我們從懵懂的年少跌跌撞撞之後，漸漸學會選擇，我們「明白了」哪些路不要去走，然而卻因為再也不去走那樣的路了，於是我們也不會知曉那條路的終點是什麼樣的風景。

也許是錯的，又也許是對的，誰也不知道。

每個人都有屬於自己的答案，也有自己想要追尋的答案。

這個故事並不是想告訴大家「想要幸福就必須勇往直前喔」，而是更內面的，我想對某個你或者妳說，也許你承受過了某些疼痛，也許那些疼痛在你的身上留下猙獰的疤痕，但那些都不能代表你。

也許前方並非風光明媚，但我始終願意相信，總有一道屬於我們的光亮。

Sophia

擁抱你的聲音入睡

Sleep with Your Voice

Sophia

作品集13

國家圖書館出版品預行編目資料
擁抱你的聲音入睡／Sophia 著.
—初版.—臺北市：春天出版國際, 2022.04
面；公分.—（Sophia作品集；13）
ISBN 978-957-741-479-3（平裝）
863.57　　110018010

ISBN 978-957-741-479-3
Printed in Taiwan

作　者　Sophia
總編輯　莊宜勳
企劃主編　鍾靈
責任編輯　黃郁潔

出版者　春天出版國際文化有限公司
地　址　台北市大安區忠孝東路四段303號4樓之1
電　話　02-7733-4070
傳　真　02-7733-4069
E－mail　frank.spring@msa.hinet.net
網　址　http://www.bookspring.com.tw
部落格　http://blog.pixnet.net/bookspring
郵政帳號　19705538
戶　名　春天出版國際文化有限公司
法律顧問　蕭顯忠律師事務所
出版日期　二〇二二年四月初版
定　價　270元

總經銷　楨德圖書事業有限公司
地　址　新北市新店區中興路二段196號8樓
電　話　02-8919-3186
傳　真　02-8914-5524